AF437174

Coloni

Un romanzo Western

Richard G. Hole

Far West

SINOSSI

Non sorprende che la Storia dell'Umanità, e in questo caso del Nord America, sia ricca di episodi eroici o sanguinosi per il possesso della terra.

Gli audaci pionieri che aprirono le rotte del West americano combatterono e morirono per conquistarlo a loro vantaggio.

Hanno combattuto fino alla morte contro gli indiani selvaggi per aver preso da loro centinaia di ettari che i rossi non coltivavano, ma detenevano per proteggere la selvaggina che era il loro cibo principale.

Più tardi, quando i vincitori di questa tragica lotta riuscirono a sistemarsi e ad ottenere la proprietà, a volte conquistata con il sangue e con perdite sensibili tra le due parti...

Coloni è una storia appartenente alla collezione Far West, una raccolta di romanzi sviluppati nel selvaggio West americano.

COLONI

CAPITOLO I

COS NASCE ABILENE

La terra è la madre dell'umanità perché è colei che fornisce al razionale e all'irrazionale la base del loro sostentamento, ma è una madre comune per tutti, sebbene accada che alcuni dei suoi figli, più egoisti e ambiziosi di altri, fare. la vogliono tutta, anche a costo della parte sacra che corrisponde ai loro fratelli.

Non stupisce quindi che la Storia dell'Umanità, e in questo caso del Nord America, sia ricca di episodi eroici o cruenti per il possesso della terra.

Gli audaci pionieri che aprirono le rotte del West americano combatterono e morirono per conquistarlo a loro vantaggio.

Hanno combattuto fino alla morte contro gli indiani selvaggi per aver preso da loro centinaia di ettari che i rossi non coltivavano, ma detenevano per proteggere la selvaggina che era il loro cibo principale.

Più tardi, quando furono vittoriosi in questa tragica lotta, riuscirono a stabilirsi e ad ottenere la proprietà, a volte conquistata con il sangue e con perdite sensibili da entrambe le parti, gli ambiziosi, gli egoisti, i forti vennero dietro, per raggrupparsi in bande, e li contese. quelle terre fertili, per la cui conquista non avevano esposto nulla per conquistarle.

Questi erano i figli spuri della madre terra, quelli che volevano tutto e cercavano di toglierlo a quelli che avevano ottenuto la cosa giusta, e questo fece sì che per tutte le pianure e le praterie, dove la terra vergine veniva offerta agli audaci che viaggiavano a migliaia di miglia per impossessarsene, furono scritte innumerevoli pagine di sangue, perché chi aveva rischiato la vita per conquistare quelle terre, non accettava che altri, per quanto audaci e potenti, tentassero di togliersele.

Uno degli stati più fertili in terra, soprattutto a seguito della Guerra Civile, che fu, quando il Nord se ne impadronì, li trattenne quasi esclusivamente per trent'anni, fu il Kansas. Questo stato, diviso in tre piattaforme di diversa altezza, offriva soprattutto nella sua parte orientale tutto ciò che il contadino e l'allevatore potevano desiderare per le loro orecchie o il loro bestiame. Era il più fertile di tutti, poiché la pianura occidentale era quasi arida, grigia con pochissimi alberi, tagliata dalle valli dell'Arkansas e del fiume Smoky Hille, in cui sono stati trovati molti fossili e resti di carovane, schiacciati dalle tempeste di ghiaccio e sabbia durante le audaci marce dei suddetti percorsi.

Questo territorio era noto solo agli indiani dell'Oregon, Osages e Black Dogs, fino all'anno 1541, quando il famoso esploratore spagnolo Coronado, accompagnato dalle sue truppe, arrivò in cerca di oro in un luogo che si crede fosse tra le città. di Great Bend e Junción City, nomi attuali di queste città.

A quel tempo, secondo le cronache di alcuni audaci viaggiatori che percorrevano parte del territorio, era noto per "la cintura di erbe azzurre" e il suo suolo offriva quattro specie di erbe preziose: Il cosiddetto "piede di tacchino", " l'erba barbuta", "Cardo verde" e "L'erba dell'amore", classi ancora esistenti, molto curate dai contadini.

Ma contro queste eccellenze della terra, bisognava contare sulle sue terribili tempeste di sabbia che trascinavano il pacciame in un'area di nove milioni in un soffio sui tetti dei granai e uccidevano il bestiame, trascinandolo come piume.

Ma nessun agricoltore o allevatore poteva stabilirsi in pace finché la guerra non fosse finita e l'"Unione del Pacifico" fosse stata inaugurata. Questa pace fu raggiunta attraverso il trattato di non aggressione con gli indiani e fu da questa data che iniziò davvero la colonizzazione di quello che è stato chiamato "il granaio d'America".

Era poco prima dello scoppio della Guerra Civile, quando un compatto gruppo di "disperati" si raccolse in una carovana, si mise in cammino sulle orme della via di Santa Fe, cercando espansione territoriale per la propria voglia di vivere. Gli stati sovraffollati offrivano poche possibilità e la terra in tali luoghi era più che estesa e sfruttata.

Solo uscendo dalla civiltà e cercando orizzonti che non fossero esplorati se non sfruttati, si potevano ottenere appezzamenti di terra senza un proprietario che li reclamasse o pretendesse royalties che la loro povertà non poteva pagare.

Hai dovuto esporre molto per ottenere qualcosa e non hanno esitato a esporlo.

Lasciandosi alle spalle la parte orientale del paese, già quasi piena, entrarono nel cuore dello Stato, e così, un giorno, arrivarono in un luogo dove forze e risorse sembravano aver raggiunto il loro apice.

Questo luogo era adagiato nella parte occidentale e in seguito qualcuno lo battezzò con lo strano nome di Abilene.

Era vero che questa non era la parte più ideale del Kansas, ma aveva un vantaggio: il luogo prescelto era lungo il letto del fiume di Smoky Hill e il beneficio dell'acqua rendeva tutta la terra che si estendeva lungo le sue sponde, era altrettanto bizzarra e promettente come lo stavano cercando.

La carovana era composta da un'ottantina di uomini, donne e bambini ed era guidata da un vecchio energico, che in precedenza era stato un caravanista e che conosceva in parte i percorsi e il terreno.

Tutti i coloni provenivano dall'Est e avevano dovuto fare un viaggio difficile di centinaia di miglia, finché non avevano piantato i piedi in quel pezzo di Stato. Esausti, sfiniti, alcuni con solo la pelle attaccata alle ossa, si lasciarono cadere nell'erba fitta e giurarono di non avere il coraggio di andare oltre.

O vi si stabilirono nella buona e nella cattiva sorte, affrontando le nuove difficoltà che si sarebbero presentate loro per fondare e mantenere la città, oppure si sarebbero lasciati morire di fronte al sole o spazzati via da una tempesta di sabbia.

I più importanti della carovana si incontrarono in consultazione, furono studiati i pro ei contro e si decise a maggioranza di opinioni di stabilirsi lì.

Il luogo aveva un vantaggio: il fiume, con la sua benefica influenza sui suoi raccolti, ma senza vie di comunicazione. La ferrovia che tre o quattro anni dopo avrebbe attraversato lo Stato dirigendosi verso la costa, avrebbe attraversato una ventina di miglia, era insignificante per la vita di una città e poteva ben sopportarne l'arrivo. Sarebbe stato il tempo che calcolavano necessario affinché le loro proprietà cedessero al massimo e quindi potrebbe essere approfittare della ferrovia per inviare i loro prodotti in Oriente e in Occidente.

E lì rimasero in comunità, non senza prima notare la vecchia guida di nome Víctor Bird:

"Compagni, non ci è nascosto che attraverseremo mesi tremendi di privazione e angoscia fino a quando i nostri raccolti futuri non daranno abbastanza per nutrirci e non dico nulla finché non potremo trarne profitto. Questo può essere possibile se ci sacrifichiamo a favore degli altri, secondo le possibilità di ciascuno.

"In questa carovana abbiamo raccolto uomini e donne di diversi stati; Alcuni più dotati di altri, arrivano con provviste e oggetti che altri hanno esaurito o non avevano. Se fino al momento in cui ciascuno deve badare a se stesso, quelli che hanno di più non aiutano quelli che hanno di meno, alcuni moriranno di fame mentre altri prospereranno.

"E io, prima di inchiodare per sempre i piedi in questo luogo, ho bisogno di conoscere a fondo la qualità umana e morale di ciascuno e di ciascuno.

"Durante l'arduo viaggio, ci siamo aiutati a vicenda senza apprensioni o pregiudizi materiali. Quando qualcuno si è ammalato, indipendentemente dalle sue condizioni, gli altri si sono moltiplicati per assisterli quando è sorto il pericolo degli indiani, abbiamo tutti rischiato la vita a favore della comunità, perché eravamo tutti uno, e quando ci sono state sfortunate vittime , Perché la vita è così, i caduti più poveri o più ricchi sono stati sepolti nel prato aperto e tutti ci siamo inginocchiati per pregare una preghiera per le loro anime, perché tutte le anime che sono rimaste in mezzo a noi erano uguali davanti a Dio e agli uomini.

"Ma abbiamo raggiunto il nostro obiettivo e questo solleva la necessità di valutare gli atteggiamenti. Avremo bisogno di tutto il nostro coraggio e di tutto ciò che ci è rimasto per difendere le nostre vite, e chiedo a chi arriva più dotato degli altri, se è disposto che questa armonia che regnava tra noi durante il viaggio, non venga spezzata e che ognuno di noi contribuirà con ciò che ha per il bene comune.

"Ciò non significa che chi ha di più lo dia con grazia a chi ha di meno. Non sarebbe giusto e, quindi, chi dà a chi manca, riceverà prova del valore di ciò che ha prestato, così che, a tempo debito, quando chi l'ha ricevuto è in grado di farlo, lo restituirà onestamente e, se lo richiederà, con le relative entrate.

"E poiché io sono uno di quelli che possono dare l'esempio, perché la fortuna mi ha aiutato a guadagnare un po' di soldi durante i miei anni alla guida di carovane e li ho usati per rifornirmi per quest'ultimo viaggio, sarò il primo a mettere a disposizione della comunità come molto ho.

"Il giorno che sarà finito, finirà per me e per tutti e se dovremo soffrire la fame, lo passeremo allo stesso modo.

"Ma ho bisogno del consenso senza riserve di tutti. In caso contrario, qui finisce la carovana. Continuerò nel New Mexico, perché ho i mezzi per arrivarci e perché tutti possano cavarsela al meglio.

"Questo è quanto devo esporre prima di iniziare a scaricare i miei carri e dedicarmi alla costruzione della mia casa; Parlino gli altri, e se sono disposti ad imitarmi, giurino con la mano su questa Bibbia che porto, che mi imiteranno in tutto, perché io saprò dare il giusto esempio.

"Ora hai la parola.

Non c'era discrepanza. Tutti giurarono solennemente di aiutare coloro le cui risorse erano esaurite impegnandosi a rimborsare ciò che era stato prestato quando erano in grado di farlo.

Bird, soddisfatto del nobile atteggiamento di tutti coloro che componevano la carovana, li fermò dicendo:

"Ma questo non basta, compagni. Dobbiamo prevenirci per il futuro e voglio che proprio come saremo uniti come uno in questo senso, è imperativo che siamo uniti in altri molto importanti.

"Sappiamo tutti per amara esperienza cosa significano le ambizioni umane e l'egoismo nelle terre che abbiamo lasciato. Conosciamo tutti l'ambizione di chi cerca solo il bene, ciò che già ripaga, senza dover soffrire l'amarezza di lavorare per farlo funzionare. Voi tutti conoscete il saccheggio dei ladri di bestiame, dei disperati, e anche di coloro che, poiché possiedono denaro, cercano ciò che è conveniente per loro a scapito di coloro che lo possiedono.

"Limiteremo molti acri di terra, li faremo fiorire, trasformeremo questa in una valle fertile che un giorno possa tentare l'avidità di qualcuno e voglio pretendere due cose da tutti.

"Uno, che, quando si difende il patrimonio comune, non ci siano restrizioni. Dovremo tutti esporre ciò che è necessario, come se difendessimo solo il nostro; e un altro, che nessuno venderà mai nulla di ciò che ora sceglie come proprietà, per evitare che elementi di disturbo si infiltrino in noi e si trasformino un giorno in un inferno quello che sembra essere il paradiso.

"Questo non significa che se qualcuno un giorno si stanca e vuole andare in pensione, non può farlo o dovrebbe lasciarsi alle spalle ciò che gli è costato tanto sudore. Non quello. L'idea è che, se si presenta questa opportunità, offrila alla comunità in modo che possa acquistarla.

"Se non c'è nessuno che voglia farsi carico dell'acquisizione da solo, lo farà tra i tanti, e se no, tra tutti, ma tutto ciò che ora limitiamo sarà nostro senza interferenze da parte di estranei.

"E non importa che nel tempo arrivino nuovi coloni che vogliono stabilirsi tra noi. Ci sarà un sacco di terra dove possono farlo, ma prima di piantare un paletto nel terreno dovranno rispettare il patto che firmiamo e se si rifiutano, saranno costretti a stabilirsi un miglio oltre i confini della città. Non ammetteremo cunei pericolosi che turbino la stretta armonia che stiamo per raggiungere.

"Se siete d'accordo con questo nuovo punto, giuratelo anche voi e a tempo debito verrà redatto un documento contenente tutti i punti concordati. Lascia che ci sia una testimonianza che può essere invocata a suo tempo se qualcuno cerca di perderla.

"Questo documento sarà quello firmato da chi arriva dopo e vuole restare. Così, nessuno sosterrà un giorno che l'impegno non sia esistito o che intenda deformarlo a suo piacimento.

Erano tutti d'accordo con il vecchio camperista. Hanno capito che le loro previsioni erano uno scudo per tutti e che questo si sarebbe protetto a vicenda.

Dopo il giuramento solenne, si studiava il terreno e si discuteva l'opportunità di stabilirsi solo su una sponda o su entrambe. Victor ha dato la sua opinione.

"Capisco che in entrambi e quindi saremo più affollati e vicini l'uno all'altro. Il fiume, tranne nei periodi di alluvione, è guadabile, ma, anche così, possiamo costruire un ponte che ci unisca. Se occupiamo solo una sponda, domani altre potrebbero venire a stabilirsi sull'altra, e se si propongono di farlo, crearci delle difficoltà.

La sua proposta fu accolta e continuò a studiare la quantità di terra di cui ciascuno avrebbe avuto bisogno secondo la famiglia che lo accompagnava e le armi utili che poteva usare per coltivarla.

Si convenne inoltre che il paese fosse agglomerato sulla sponda meridionale, in quanto è la più protetta e la maggior parte delle coltivazioni si sarebbe diffusa sulla sponda opposta, ad eccezione di alcuni appezzamenti lungo la sponda nella parte del paese. Quindi, le posizioni di ciascun colono sarebbero state sorteggiate e sarebbero stati fissati i limiti della città.

È stato un compito arduo di due giorni, ma alla fine di questa breve tappa, tutto era stato pianificato.

Le trame sono state tracciate. Alcuni erano più vicini al fiume di altri, ma la terra era fertile ovunque e, se necessario, si sarebbe studiata l'apertura di canali per portare l'acqua alle terre che ne avevano bisogno.

Con la creazione della città, si procedette alla distribuzione allo stesso modo. Le baite circonderebbero una grande piazza che si aprirebbe al centro, lasciando una certa quantità di terreno libero per fondare eventualmente una scuola, costruire una piccola chiesa e, quando possibile, un Consiglio Comunale che si occuperebbe dello stato e della pulizia del paese , nonché una casa per lo sceriffo, se la città cresceva e fosse necessario nominare un'autorità.

Ma mentre ciò avveniva, cosa che avrebbe richiesto tempo, qualcuno aveva bisogno di assumere un'autorità platonica per intervenire in caso di controversia tra i coloni. Tutto doveva essere salvaguardato, e Victor lo ha salvaguardato. Fu deciso all'unanimità di concedergli questa autorità, ma Bird rifiutò categoricamente. Ha chiesto che ne fossero nominati altri due e solo nel caso in cui questi due non fossero d'accordo, con il suo voto avrebbe deciso di chi fosse la ragione.

Dopo tutto questo lavoro preliminare, tutti si dedicarono febbrilmente alla costruzione delle loro capanne, che era per loro la cosa più urgente. Più tardi, quando le loro famiglie furono riparate dal freddo e dalla pioggia, ci fu tempo per iniziare ad arare la terra.

Fu così fondata la nuova città, che un giorno apparve con uno stendardo inchiodato a un albero, nel quale si leggeva il patronimico con cui doveva essere conosciuto. Col tempo si aggiunsero nuovi coloni che attraversando la pianura e scoprendo quella nuova, fiorente, tranquilla cittadina, vollero unirsi ad essa e, dopo aver accettato le condizioni imposte, si stabilirono senza alcun inconveniente.

Finché un giorno, a venti miglia da lì, i binari della grande ferrovia che doveva unire la nazione da est a ovest e trasformarla in una delle regioni più brutte dell'intero Stato cominciarono a tramontare nel paese.

Ma con la ferrovia doveva arrivare la minaccia che avrebbe spezzato la pace e la tranquillità dei suoi abitanti. Quella zona, pur essendo la più povera dello stato, era auspicabile, perché il treno avrebbe risolto molti problemi e con esso in vista l'espansione agricola e zootecnica sarebbe diventata irresistibile.

CAPITOLO II

DUE VECCHI COMPAGNI

La vita del paese poté consolidarsi due anni dopo la sua risollevazione, non senza che i suoi abitanti cessassero di soffrire innumerevoli disagi e privazioni, ma tra loro regnava la solidarietà e, aiutandosi a vicenda, riuscirono a uscire dall'ingorgo.

Fino ad allora, l'utilità ricavata dalla terra era servita solo per poter vivere dei primi raccolti, ma non era ancora possibile per loro ottenere un maggior profitto vendendo il surplus. C'era molta strada da fare prima che potessero organizzare un piccolo mercato dove poter vendere i loro prodotti e ricevere dei soldi da spendere in cose che erano molto necessarie per sostituire quelle che avevano consumato.

Victor, da uomo delle praterie, preoccupato per quel problema così pressante, si imponeva di fare due cose molto importanti: una, registrare il limitato terreno per salvaguardarlo da eventuali detriti; un altro era visitare villaggi relativamente vicini l'uno all'altro per vendere o scambiare oggetti che avevano appena fornito ai coloni ciò di cui avevano più bisogno.

La ricerca doveva essere effettuata a Hutchinson, che era la città di importanza più vicina dove si trovava il Registro in quell'area, e ciò comportava un viaggio di cento miglia a terra.

L'altra cosa che si era imposta di fare secondo i criteri dell'ex caravanserraglio, era più ambiziosa, ma aveva una certa visione per il futuro e la fece conoscere ai coloni.

Il luogo prescelto per insediarsi era una specie di piccolo prato o minuscola valle, sprofondato tra due alte depressioni del terreno.

Il villaggio era stato costruito a ridosso della depressione orientale, che tagliava il vento e li proteggeva in parte dalle tempeste di sabbia quando procedevano in direzione della depressione occidentale, ma terminavano nel mezzo della piccola valle. Il resto era erba azzurra, nella quale si nutriva il bestiame che era stato salvato da tante vicissitudini, ingrassando sontuosamente facilmente.

Così, anche i giovani nati da agnelli e capre e anche alcuni bovini, presentavano un aspetto magnifico. Se avessero i mezzi per acquisire più bestiame, in breve tempo sarebbe facile per loro procurarsi un prezioso gregge.

Questo era stato visto in anticipo dall'ex caravanista e per questo motivo, quando aveva deciso di intraprendere la marcia verso Hutchinson da solo, radunò i coloni e disse:

"Ho pensato che poiché tutto ciò che abbiamo occupato e messo in opera fino ad ora verrà registrato, sarebbe molto utile registrare anche tutto ciò che resta del prato fino alla depressione che lo taglia.

"È vero che finora non ci è utile, se non per brucare i pochi bovini salvati dalla macellazione, ma nessuno può prevedere cosa accadrà domani, quando continueremo a prosperare e la ferrovia ci aiuterà a risolvere problemi che a nel momento in cui superano le nostre possibilità di azione.

"Quel brutto pezzo d'erba ci può essere molto utile in due modi. Uno, poter vendere qualche terreno in più a beneficio di tutti se arrivano altri emigranti e sentono il desiderio di stabilirsi qui. Se noi abbiamo passato e sopportato il peggio e coloro che vengono troveranno molte difficoltà risolte, è giusto che non godano degli stessi privilegi e contribuiscano in denaro quanto gli è stato risparmiato di contribuire in lavoro e fatica. Ci aiuterebbe ad acquistare bestiame o cose di comune utilità e non diminuirebbe il valore dei nostri raccolti.

Ma c'è di più. Ho sentito opinioni, progetti per il futuro; Qui c'è chi prima di essere colono era un cowboy e sogna di poter allevare un piccolo ranch e allevare bestiame che riporti un buon guadagno.

"So che sono stati aperti mercati in viaggio per ricevere tutto il bestiame che arriva dal Texas e che per la mancanza di carne che la guerra ha prodotto, tutto quello che arriva si vende molto bene. Se potessimo allevare bestiame, approfitteremmo di questa serie di penuria e potremmo venderli in modo più redditizio rispetto agli allevatori che vengono dal Texas.

"Ma per questo è necessario garantire pascoli e noi abbiamo pascoli. Certo, non potremmo installare qui un ranch su larga scala, ma in sintonia con le possibilità offerte da questo pezzo di terra non sfruttato.

"Ed è mia idea che lo registriamo anche come proprietà della comunità e quando la fortuna ci aiuta un po' di più, acquisiamo bestiame, costruiamo il ranch e sfruttiamo non solo l'agricoltura, ma il bestiame.

"È un sogno ambizioso e forse non a breve termine, forse io, che sono già vecchio, non lo vedo pienamente realizzato, ma se morissi prima di realizzarlo, lascerei il mondo soddisfatto di aver contribuito a garantire la benessere di poche famiglie. degno di essere aiutato in tutto e per tutto.

"Questa è una mia idea, voi la studiate mentre io preparo il carro per andare a Hutchinson a controllare la registrazione per conto di tutti. Ciò che concorderai sarà ciò che sarà fatto.

Uno dei coloni ha fatto un'obiezione:

"Pensi che sia facile? Registrare gli appezzamenti di ognuno non è complicato, dal momento che è stata tracciata una planimetria del luogo, con la terra che ogni colono occupa ei nostri nomi, ma ... come registriamo la prateria in ciò che rimane non sfruttato? Affinché lo Stato ci conceda il privilegio di considerarci proprietari di terreni incolti, ne richiede lo sfruttamento da parte di chi richiede la registrazione e possiamo dimostrare che ciascuno di noi sfrutterà il terreno delimitato, ma la prateria... nessuno di noi lo sfrutta e, in nome di chi verificherebbe quel record?

«Be', a nome dell'intera città. Sarebbe una proprietà comune e, in termini di sfruttamento, possiamo dimostrare che abbiamo il nostro bestiame e che intendiamo costruire un ranch e acquisire più rose. Non credo che ci sia alcuna difficoltà a ottenerlo, per un motivo. Quello che vuole il governo è che aumenti la ricchezza del suolo, che ogni giorno la madre terra ne produca di più e se deve regalare quella terra in cambio di una maggiore produttività, non gli interessa a chi viene data, ma il prodotto che viene data. ne deriva. Non vogliamo che continui come è stato fino a qui, ma che sia utile a tutti.

"Se pensi che sia fattibile, non c'è altro di cui parlare. Mi sono limitato a segnalare un possibile insuccesso, ma se non esiste fate pure.

"Laggiù. Con la mappa del paese e dei terreni in funzione, oltre ai nomi di tutti i proprietari, rilasceremo un documento firmato da loro, in cui si richiede l'assegnazione totale del pezzo di prato per costruire un ranch e aumentare ancora di più il bestiame che possediamo, sono sicuro che non ci sarà opposizione.

"Stando così le cose, lo firmeremo e speriamo che tu ce lo conceda!

Victor allungò il documento, lo mise per la firma di tutti e con esso la planimetria generale del prato, nonché l'ubicazione del paese, si preparò a partire. Prima di farlo, ha dichiarato:

"Ora, se qualcuno ha soldi e non gli dispiace usarli, me li può affidare e io approfitterò del viaggio per acquisire cose che so essere necessarie per tutti noi. Allevieremo molti problemi che ora ci ostacolano. Chi ha bisogno di qualcosa, mi dia una lista.

Quando fu il momento di iniziare il viaggio, Victor aveva le tasche piene di appunti, che avrebbe poi dovuto mettere per scoprire cosa avrebbe dovuto comprare in città.

Nessuno nutriva il minimo sospetto che non avesse mantenuto la sua promessa. Primo, perché aveva dato molte prove di cameratismo e di interesse, e secondo, perché aveva lasciato i suoi campi abbandonati, sebbene con la promessa di tutti di prendersene cura in sua assenza.

Victor fece un penoso viaggio di cinque giorni per raggiungere il villaggio, ma uomo incallito su quei percorsi estenuanti, resistette bene, nonostante non fosse un bambino, ed entrò a Hutchinson il quinto giorno a metà pomeriggio. Siccome non era il momento di registrarsi, visto che funzionava solo la mattina, cercò una locanda dove dormire quella notte, per verificare l'indomani le operazioni attinenti che avrebbero lasciato la faccenda risolta e i suoi compagni di fatica, sicuro che nessuno sarebbe in grado di contendere la loro terra. occupato.

Quando, dopo aver lasciato il carretto alla locanda, scese in strada a fare una passeggiata, si sentiva estraneo a tutto ciò che lo circondava.

Due lunghi anni immersi in quel prato abbandonato, lavorando come un galeotto e attraversando disagi come gli altri, avevano lasciato l'impronta di Abilene così profondamente impressa nella sua retina che non riusciva a portarsi all'idea di contemplare qualcosa di così antagonistico come quello stava affrontando. circondato.

I negozi, le strade piene di gente, i veicoli che circolavano, tutto ciò che significava dinamismo e progresso, vi si incontravano in netto contrasto e lei non sapeva se dispiacersi per non essere definitivamente in quell'ambiente, o desiderare più fortemente quello che era successo. lasciato giorni prima.

E la visione della cittadina che lo circondava era più forte nella sua mente.

Era come un pezzo della sua anima, qualcosa che era nato dal suo sforzo con lui da altri; non c'era niente di frivolo o artificiale lì; Lì tutto era lavoro intenso, disagio, sudore, fatica e privazioni in vista di un futuro più promettente, ma c'era l'accogliente madre terra che meritava un tale dono e questo era penetrato così profondamente nell'animo dell'ex carovaniere, che lui non l'avrei cambiato per niente.

È vero che gli mancavano molte cose necessarie che esistevano lì e che nessuno sembrava dare loro una grande importanza, ma con il tempo le avrebbero anche ad Abilene e non le avrebbero dovute a nessuno, perché le avrebbero create con il sforzo dei muscoli e con il sudore della fronte.

Forse questo affetto per la madre terra era il prodotto di tanti anni percorrendo le rotte a contatto perenne con la natura e questo lo aveva portato a identificarsi con lei e ad amarla, nonostante non fosse sempre gentile e prodiga con gli esseri umani. .

Egli, che aveva attraversato tanti paesi diversi, sapeva che vi erano terre buone e cattive, che alcune offrivano calore e acqua alle spighe, altre gelo e grandine per bruciarle; che, in alcuni punti, il sole metteva fiori nei campi e in altri, bufere di neve e ghiaccio che avvinghiavano i corpi al minimo svenimento, ma in fin dei conti, la madre terra era quella: la madre dell'umanità, perché ha contribuito a il loro sostegno e tutto consisteva nel saper scegliere e nel saperlo lavorare.

Stava camminando stordito per la strada principale, quando una mano pesante e ruvida si posò sulla sua spalla e una voce il cui timbro gli era familiare esclamò:

Campane dell'inferno, uccello...! Sei in queste terre?

Victor si voltò per riconoscere colui che lo aveva così salutato. Si è scoperto che era un caravanista che aveva percorso diverse strade con lui prima di lasciare le carovane. Era un ragazzo che aveva già più di trentacinque anni. Era alto, forte, con un'espressione determinata, un viso molto abbronzato e una figura abbastanza accettabile secondo i gusti delle donne.

Indossava una camicia a quadri, un gilet di pelle scamosciata, pantaloni di jeans e stivali a metà polpaccio sormontati ai talloni da lunghi speroni tagliati. Il suo cappello era un cowboy, molto alto con una corona, larghe tese e con due studiate ammaccature nella parte anteriore della corona.

Victor lo ricordava come una pedina tosta e resistente, aveva sempre sopportato bene le asperità della strada, anche se era sempre stato un uomo un po' strano, molto sensibile a litigare e litigare per ragioni a volte poco importanti.

Victor, sorridendo, rispose:

"Ciao Adam. Non contavo nemmeno di incontrarti a queste latitudini.

"In effetti, sembra che città come queste non siano per noi i luoghi più frequentati, almeno fino a poco tempo fa, ma la ruota della vita gira molte volte e, a volte, ci colloca dove meno immaginavamo di poter essere.

"Ma tu, che sei sempre stato un vecchio lupo delle vie, sembri averle abbandonate, è corretto?

"In effetti, Adam, li ho abbandonati perché mi sento vecchio e questo richiede forza e giovinezza. Ho qualche migliaio di miglia sulle costole e penso che fosse giunto il momento per me di subentrare.

"Per vivere di rendita, allora?

"Il mio reddito? Non prenderti in giro, Adam. Sai bene che gli affitti di un caravanserraglio scompaiono quando finisci un percorso e devi vivere del prodotto finché non puoi intraprenderne un altro. Il mio reddito è sempre stato scarso.

"Quindi...

"Sono diventato un colono. È tempo per me di riposare le gambe e le costole e sfruttare al meglio i giorni che rimangono nella mia vita. E cosa fai? Hai abbandonato anche le roulotte?

"Infatti, Uccello. Li ho abbandonati perché, come te, mi sono sentito stanco di viaggiare attraverso terre inospitali e di esporre la mia vita combattendo contro gli elementi e gli indiani. Uno è ancora giovane e deve dare vita a un succo che apre paesaggi senza altro fascino che i carri guida, non forniscono.

"Sono al servizio di un allevatore di bestiame che traffica molto in bestiame e nonostante ci sia anche un po' di fatica alla guida, ci sono molti periodi di riposo per visitare città come questa e divertirsi per qualche giorno, sapendo che lo stipendio corre ogni mese e non aspettare che emergano nuovi datori di lavoro.

"Ma… stiamo parlando a secco e questo non è giusto. Dobbiamo festeggiare il nostro incontro e ti invito a bere un whisky o due, qualunque cosa tu voglia bere.

"Grazie, e lo accetterò per non snobbarti, ma ti dirò che sono passati più di due anni da quando una goccia di alcol mi è entrata in gola.

"Campane dell'inferno! ... È possibile?

"Come ti dico!

"Si è ritirato dal bere? Hai avuto un buon stomaco per assimilarlo.

"Vero, e ti dirò che all'inizio mi mancava molto, ma ti ci abitui a tutto. Dove ho passato questi due anni c'era solo acqua di fiume e dovevi abituarti.

"Beh, me lo dirai. Sono curioso di sapere cosa ha fatto da quando non ci siamo visti quattro anni fa.

Adam lo condusse in una vicina taverna, dove ordinò due bicchieri di whisky, e seduti a un tavolo ripresero la conversazione.

"La mia vita manca di sollievo", ha affermato Victor. D'altra parte, il tuo, per quanto irrequieto e duro come eri, suppongo che sarà più interessante del mio.

"Non ci credo. Ho lasciato le carovane tre anni fa, dopo aver preso una polmonite che mi ha quasi portato all'inferno e poi ho deciso di abbandonare le rotte.

"Ho lavorato come bracciante in una fattoria, poi in un ranch e poi, tramite un amico, sono entrato a far parte della squadra di un commerciante di bestiame, che compra e vende molti capi di bestiame durante tutto l'anno.

"Lavora sodo molte volte, ma paga bene e ci sono sempre spazi vuoti per divertirsi e compensare il lavoro.

"Quindi, il tuo reddito ...

"Il mio reddito va al whisky e ad alcune brave ragazze con le quali di solito passo il tempo nelle bische, ma mi diverto, cosa che prima non facevo.

E poiché questa è stata la mia vita da quando non ci siamo visti, ora dimmi la tua, che dovrebbe essere più interessante.

"Interessante da ascoltare, forse, ma sperimentarlo non avrebbe potuto essere più duro, anche se con la speranza che non ci vorrà molto per ricevere un risarcimento.

Bird gli raccontò come si era unito a una carovana di esuli e come si erano stabiliti sulle rive di Smoky Hill, dove decisero di stabilirsi e costruire una città con i poveri mezzi che avevano lasciato.

Víctor raccontò le vicissitudini subite finché non riuscì a garantire la sua esistenza a metà con il prodotto dei raccolti e data l'imminenza dell'inaugurazione della "Union Pacific", avrebbero avuto mezzi di trasporto sicuri per posizionare i loro raccolti e poter acquisire ciò di cui avevano bisogno e che ancora non possedevano. .

Adam, ascoltandolo, aveva chiesto due nuovi bicchieri di whisky, e Bird incoraggiato dalla bevanda a cui non era più abituato, finì per spiegare al suo vecchio compagno di fatica tutti i progetti dei coloni e il motivo che lo aveva portato lui in città.

Adamo, che aveva ascoltato con attenzione e senza interrompere, esclamò:

"Quindi possiedono una città con un centinaio di vicini e, in più, una bella distesa di prateria?

"Praticamente lo siamo, perché sono due anni che lavoriamo la terra. Adesso sono venuto proprio per verificare la registrazione dei nostri appezzamenti e la parte di pascolo libero. Pensiamo, non appena le circostanze ce lo permetteranno, di allevare un ranch insieme, acquisire bestiame di quelli che arrivano a migliaia dalla parte del Texas e fondare una specie di mercato della carne, coprendo le città più vicine per diversi chilometri intorno. .

"Bel affare, da quello che vedo.

«Può darsi, ma non così presto, Adam. Tieni presente che siamo molto a corto di mezzi e che finché non troveremo un modo per vendere i nostri raccolti, non avremo soldi per cominciare. Prima dobbiamo dotarci di tante cose necessarie che ci mancano, ma siamo tenaci e forti e tutto verrà.

"Quella cosa della registrazione sarà molto complicata. Essere cento proprietari.

"Non ci credete. Porto una planimetria perfetta degli appezzamenti, la loro ubicazione e dimensioni e le autorizzazioni di tutti a fare la registrazione per loro conto. Per quanto riguarda la prateria, sarà registrata come proprietà comunale e non ci saranno disagi Sapete invece che, in caso di terre lontane, senza padrone né sintomi di colonizzazione, lo Stato mette a disposizione ogni tipo di agevolazione, la questione è che la madre terra si lavora, che produce e che giova a tutti .

"Beh, Bird, non sai quanto celebro la tua buona sorte... Mi dirai dov'è quella città, nel caso avrò mai la possibilità di salutarti? Dato che viaggio molto in questi luoghi con il bestiame, forse passo una giornata nelle vicinanze e ne approfitto per dargli un'occhiata, per vedere come sta.

«Non credo che sarà difficile per te trovarlo. Basta seguire il corso di Smoky Hill. Si trova a una ventina di miglia al di sotto di una città chiamata Victoria, dove la ferrovia è già in costruzione.

«Lo terrò a mente nel caso potessi farti visita. E ora dimmi cosa intendi fare stasera.

"Niente, Adam. Dato che non posso registrare tutti questi documenti fino a domani, andrò a letto presto.

"Presto, quando Dio sa fino a quale altro tempo non potrà vivere tra gente civile?

"Non penserai che io sia come te che hai l'età per fare festa con stile.

"Certo che no, ma non diventerà nemmeno un buongustaio. Perché non accetti che ceniamo insieme? Abbiamo bevuto molti brutti drink per le strade, abbiamo corso pericoli comuni e non ci vediamo da molto tempo. Nel caso in cui tardassimo a incontrarci di nuovo, o non ci vedessimo più, è giusto che trascorriamo del tempo in piacevole compagnia e ricordiamo i tempi passati. Spero che non mi disprezzi.

Sebbene ciò che Victor voleva fosse riposarsi il più possibile dall'interruzione del viaggio, poiché aveva avuto un'altra giornata dura come quella che aveva sofferto in prospettiva, non osò snobbare il suo vecchio compagno di carovana e disse:

"Ebbene, Adam, poiché sono te, farò uno sforzo, ma ti assicuro che la mia resistenza non è più quella di una volta e che ora le mie ossa soffrono più facilmente e mi chiedono riposo. Ti accompagnerò a cena, ma presto mi ritirerò. Domani dopo aver verificato l'iscrizione, devo muovermi molto per acquisire un'infinità di cose che i miei colleghi mi hanno chiesto e iniziare subito il percorso del paese. Ci sono cento miglia di carri che quando si è persa l'abitudine di farli rotolare, pesano molto.

"D'accordo. Dove alloggi?

«In una locanda molto modesta, Adam. Devi essere stretto con i soldi finché la situazione non cambia. La locanda si chiama "Los Tres Sauces", ed è in una piazza che proprio perché ha tre salici al suo interno, le dà il nome.

"So dov'è. Alle nove e mezza ti cercherò dentro. Adesso ho qualcosa da fare, ma per quell'ora sarò libero.

"Molto bene. Alle nove e mezza ti aspetto lì.

Si salutarono con una forte stretta di mano e si alzarono. Victor sembrava un po' stordito dalla mancanza di abitudine al bere, ma calcolò che, con l'aria di metà pomeriggio, si sarebbe svegliato e che per l'ora di cena sarebbe stato di nuovo sereno.

E abbandonato Adam, che scomparve lungo la strada, prese a camminare barcollando, respirando avidamente l'aria secca e tagliente che soffiava in quel momento.

Avrebbe dovuto stare attento a bere poco durante la cena, per evitare ulteriori vertigini.

CAPITOLO III

L'IMPRESA DI UN MALE

Alle nove e mezza, Adam si presentò alla locanda dove Victor lo stava aspettando alla porta.

La locanda, come aveva detto l'ex carovaniere, era installata in una piazza non molto grande, con poco movimento, e per uscire in una via più centrale e trafficata bisognava attraversare un vicolo stretto, sporco e poco illuminato che collegava il strada con la piazza. Adam, sorridendo, prese Victor per un braccio e lo tirò dicendo:

"Stiamo andando a cena in un ristorante molto tipico, dove servono cibo molto buono. Lo consiglio per quando devi tornare qui.

"Chissà, quando lo farò e se tornerò. È una giornata molto dura da fare spesso e se la ferrovia viene inaugurata presto, è preferibile andare a Victoria e prendere lì il treno. Il progresso è imposto e questo dei vagoni che percorrono miglia e miglia lungo percorsi difficili e pericolosi, passerà alla storia tra non molto. Un giorno, quelli di noi che erano caravanisti saranno delle immagini pittoresche per illustrare i racconti e le storie dei nostri discendenti.

Adam lo condusse attraverso varie strade che Bird non conosceva, finché non si fermò davanti a un modesto ristorante in una strada isolata e stretta. Era un locale di dimensioni normali, dove potevano mangiare contemporaneamente un massimo di due dozzine di persone.

Presero un tavolo in un angolo e Adam scelse un ampio menu a base di gobba di bisonte arrosto, frittata di fagioli, patate per ravvivare la gobba e torta di mele. Ordinò anche due bottiglie di vino californiano, molto in voga a quelle latitudini.

Mentre cenavano, la conversazione si fece vivace. Entrambi hanno ricordato fasi della loro vita da caravanisti pieni di ansia, e Bird, incoraggiato dal vino californiano con cui ha versato la cena, è tornato sul tema della sua nuova vita da colono, dando capelli e segni di tutto ciò che avevano fatto e di quello che speravano di ottenere non molto tempo.

Dopo cena che durò fino a dopo le undici, Adam ordinò caffè e due bicchieri di rum e quando uscirono dal ristorante alle undici e mezzo, Bird si sentì lo stomaco più pesante cho se lo avesse riempito di sassi e quanto alla sua testa, era un piccolo vortice dovuto all'alcol ingerito.

Victor aveva voluto pagare almeno il caffè e il rum, ma Adam si era opposto con forza, dicendo:

"Assolutamente no. Ho invitato e basta parlare. Voglio che abbiate un buon ricordo di questo nostro incontro, nel caso non ci vedessimo più.

"Chi lo sa. Il mondo gira molto e tu l'hai già visto; quando meno lo sospettavamo, ci siamo incontrati di nuovo.

"Hai ragione, ma la storia non si ripete sempre.

Adam, prendendolo per un braccio, poiché Victor sembrava esitare un po', chiese:

"Cosa facciamo adesso? Potremmo fare una passeggiata e visitare uno di quei posti dove si esibiscono brave ragazze. Passeremmo una serata intera.

"Grazie, ragazzo, ma quel tempo di uscire con brave ragazze è passato per me. Vado a letto perché devo alzarmi presto per andare in Anagrafe e poi visitare i negozi. Ho ancora molti compiti da fare prima di vedermi di nuovo in città.

«Be', se questo è il tuo fermo proposito, non voglio farti arrabbiare. Lo accompagnerò alla locanda e poi vedrò dove finirò per fare la digestione.

Sempre aggrappati al suo braccio, continuarono il loro cammino verso la locanda. Erano quasi le dodici e il traffico nelle strade era quasi nullo. Coloro che non si erano ritirati a riposare erano confinati nelle taverne e nelle bische.

Finalmente raggiunsero il vicolo che portava alla piazza. Non passava anima viva ed era quasi buio.

Adam lasciò il braccio di Victor, dicendo:

"Fai attenzione a non inciampare e cadere! Sali sui muri, che è la cosa più sicura da fare.

Bird, che sembrava stordito, seguì il consiglio, e appoggiandosi di lato alle pareti, continuò a camminare mentre Adam, quasi accanto a lui, ma un po' indietro, lo seguiva.

Finché, all'improvviso, l'ex caravanista sentì una fitta acuta e tremenda alla schiena. Il dolore lo costrinse ad aprire la bocca per urlare, ma non ebbe tempo e, come colpito da un fulmine, cadde di lato accanto a un portone in ombra.

Adam tirò freddamente il manico del coltello che aveva conficcato brutalmente nella schiena del suo ex compagno e si chinò su di lui rapidamente, frugando nelle sue tasche.

Avidamente afferrò tutto ciò che contenevano e con passo svelto lasciò il vicolo, uscendo nella via immediatamente vicina, per perdersi in altre strade sul lato opposto.

Quando fu al sicuro, prese la luce di una lampada appesa a una porta ed esaminò avidamente tutto ciò che era stato rubato. C'erano la pianta della città, la sua posizione geografica, le trame di ogni colono ei documenti firmati da tutti. Aveva anche sequestrato ottocento dollari che erano stati dati a Victor per fare acquisti.

Il piano che era stato tracciato da quando aveva incontrato Bird e lo aveva informato sconsideratamente della missione che lo aveva condotto a Hutchinson, si era rivelato come l'aveva concepito e ora doveva solo vedere se la coltellata inflitta all'ex caravanserraglio fosse stata riuscito. mortale come aveva provato. Se fosse stato trovato morto, non avrebbe avuto nulla da temere e l'ultima parte del suo audace progetto potrebbe essere messa in pratica in sicurezza. Avrebbe registrato tutto il terreno a suo nome, compresi appezzamenti e prato, e poi sarebbe stato sicuro di trovare la persona che avrebbe acquistato da lui per un importo che aveva fissato, il catasto.

Quando avesse avuto i soldi in suo possesso, sarebbero scomparsi per sempre da quelle latitudini e l'acquirente si sarebbe occupato dei coloni al momento di prendere possesso del prato e chiedere il pagamento dei canoni o costringerli a comprarli nonostante fossero loro.

Il miserabile Adamo si ritirò nella locanda dove alloggiava, ma non dormì tutta la notte. Ora sentiva il dubbio angoscioso di non sapere se avesse abbattuto Bird, chiudendogli la bocca per sempre, o se, nonostante la sua spettacolare caduta, la ferita non fosse stata mortale come i suoi piani richiedevano; Questo angoscioso dubbio lo costrinse ad alzarsi presto ea buttarsi in strada senza meta.

Una curiosità morbosa lo spinse ad avvicinarsi al vicolo dove aveva un'aria impaurita, ma vide che il corpo sanguinante dell'ex carovana non c'era più. Qualcuno deve averlo scoperto morto o ferito, ritirandolo dalla circolazione.

Completamente nervoso, se ne andò in giro fino a metà pomeriggio quando fu messo in vendita il giornale del paese, e febbrilmente ne acquistò una copia, ritirandosi dove nessuno lo avrebbe visto per cercare notizie che chiarissero la sua situazione.

Finché, nell'ultima pagina, trovò un volantino che diceva:

MISTERIOSO CRIMINE

Questa mattina, in un vicolo che porta alla Plaza de los Sauces, due passanti che vi circolavano hanno scoperto il cadavere di un uomo mezzo dissanguato, che giaceva bocconi a terra.

Aveva un'enorme ferita sulla schiena, prodotta da un coltello, anche se questa non è stata trovata vicino al ferito. Devono averlo accoltellato di sorpresa, forse per derubarlo, poiché nei suoi vestiti non sono stati trovati né soldi né alcun documento per identificare l'aggressore.

È stato portato in ospedale in condizioni disperate ea metà giornata, quando abbiamo visitato l'ospedale e parlato con i medici, non nascondono il loro pessimismo. Non hanno molta speranza di potergli salvare la vita e meno che possa dichiarare qualcosa che chiarisca il mistero. Anche nell'improbabile eventualità che la tua vita sia stata salvata, passeranno molti giorni prima che tu possa testimoniare.

Condanniamo severamente un delitto così disgustoso, e sollecitiamo ancora una volta le autorità ad aumentare la vigilanza al fine di evitare eventi così riprovevoli, eventi che tendono a ripetersi troppo frequentemente e che screditano il buon nome della città.

Adam respirò facilmente dopo aver letto la notizia. Sia che Bird sia morto o si sia salvato, per il momento è stato messo fuori combattimento per sventare i suoi piani e metterlo in pericolo. Poteva tranquillamente tentare l'indagine del terreno e sparire da lì per parlare con chiunque fosse sicuro avrebbe accettato di discutere l'acquisto di quel disco.

Dopo che l'operazione è stata eseguita e ha ricevuto i soldi, sarebbe sparito da quella zona e l'acquirente si sarebbe occupato dei coloni. Legalmente, sarebbe il proprietario del terreno e nessuno potrebbe complicare il destino dell'ex caravanista.

Il giorno dopo gli fu presentato all'Anagrafe la piantina del paese e dei lotti.

Si era presentato molto ben vestito, come se fosse in realtà un uomo benestante, e dopo aver fatto qualche scherzo al Cancelliere per guadagnarsi la sua simpatia, spiegò a modo suo l'operazione.

Aveva scoperto quel terreno prendendone possesso e si era occupato di alcune carovane per affittare loro una parte della valletta, che accettarono. Si erano stabiliti lì, si erano spartiti la terra come si poteva dimostrare dal progetto che presentava e il resto che avrebbe usato per costruire un piccolo ranch e allevare bestiame.

L'impiegato del Registro non sembrava molto interessato alle spiegazioni di Adam. La sua missione era prendere atto del luogo, ammettere la planimetria con le indicazioni approssimative del luogo, e anche il nome che era stato dato al paese. Il resto spettava alla persona che ha registrato la proprietà.

E poiché c'erano molte registrazioni verificate di pacchi che il governo ha dato gratuitamente ai coloni, la cosa non ha presentato complicazioni per le procedure. In seguito, se gli ispettori volevano fare una visita per verificare se effettivamente il terreno registrato fosse in sfruttamento, quella era la loro missione.

Con tutti i documenti verificati, le tasse di registrazione pagate, che erano modeste, e i documenti giustificativi in tasca, Adam scomparve rapidamente da Hutchinson. Era lì solo di passaggio, e la sua destinazione, anche se non molto lontana, era tutt'altra.

Adam aveva detto a Victor qualcosa sulla sua vita attuale, ma aveva riservato il più interessante. Se l'avesse dichiarato, l'ex caravanista lo avrebbe buttato via come un indesiderabile.

Era vero che lavorava per un commerciante di bestiame, ma non per un commerciante con cui poteva trattare decentemente. Si chiamava Ludwing Swan e si occupava solo di ladri di bestiame, comprando da loro il prodotto del loro saccheggio a basso prezzo, e poi piazzandolo come meglio poteva, con un profitto che superava di gran lunga quello che gli avrebbe fruttato un commercio legale.

Il più grande svantaggio e il più pericoloso che lo affliggeva era che gli mancava un luogo sicuro dove raccogliere il bestiame e mimetizzarlo fino a quando non poteva essere liberato.

Questo era un problema che lo fece impazzire, poiché era costretto a cercare luoghi intricati, tutt'altro che facili da ispezionare, per immagazzinare il bestiame, sempre esposto a essere scoperto ad un certo punto.

Adam, che non era all'oscuro di ciò, era sicuro di poter trattare con Swan per l'acquisto di quella terra ideale, poiché come proprietario assoluto della terra, poteva imporre il pagamento di un affitto ai coloni, o vendere loro i loro trame e inoltre, poteva allevare un ranch empirico nella zona della prateria, raccogliervi tutto il bestiame che aveva acquisito sotto il suo status di trafficante ed essere protetto da tanti pericoli, dal momento che il luogo, secondo Victor gli aveva detto, era isolato e non era facile per nessuno entrare di naso negli affari.

Adam è andato in una città chiamata Sterling, dove ora si trovava Swan. Aveva appena venduto duecento capi di bestiame che gli avevano causato molti mal di testa, perché li stavano cercando così duramente e voleva trovare una pausa prima di entrare in nuove complicazioni.

Swan aveva sguinzagliato la mezza dozzina di uomini al suo servizio. Erano tutti più o meno della condizione morale di Adam, poiché tutti conoscevano il tipo di attività svolta dal loro datore di lavoro.

Swan, che non si aspettava di vedere Adam così presto, lo salutò dicendo:

"Come diavolo stai qui, ora, se sei stato via solo quattro giorni? Non c'è niente per ora.

"Posso immaginare.

"Allora che succede? Hai già finito i soldi e sei venuto a chiederne altri in conto? È troppo presto per quello.

"No, non allarmarti, non ho bisogno di alcun prestito. Ho abbastanza soldi per poter aspettare il più a lungo possibile.

"Allora per cosa vieni?

"Per trattare con te per affari.

"Nuovi consigli per il bestiame? No, non per ora. Voglio che gli sceriffi si stanchino di cercare e non comprerò nemmeno un corno per almeno un mese.

«Si tratta di qualcosa di più importante di tutto questo, Swan, e spero che mi ascolterai e penserai un po' alla proposta che sono venuto a farti. Te ne parlo prima di chiunque altro, perché è un dovere farlo, visto che mi hai aiutato ad andare avanti, ma se non sei veramente interessato, non si perde nulla, perché quello che sono venuto a offrirti te e al prezzo che te lo darò, ho decine di ragazzi disposti a comprarlo.

"Hmm...! Da quando hai qualcosa da vendere che è di tua proprietà?

"Da due giorni.

"Beh, vediamo di cosa si tratta, visto che mi assicuri che mi interessa tanto, e vediamo come giustificare la tua proprietà.

"Ciò è giustificato da documenti che nessuno può contestare.

"Bene, vai avanti; parla.

"Hai in mente un problema tremendo, che è riuscire ad avere un luogo adatto per raccogliere i pacchi che acquisti senza che nessuno possa curiosare e darti la tranquillità necessaria per poter aspettare le occasioni più produttive vendere il bestiame.

"Ebbene, io vengo ad offrirvi quel luogo e non solo quello, ma un intero paesino, con un centinaio di coloni insediati in esso, senza avere il diritto acquisito di considerarsi proprietari, poiché non si sono preoccupati di registrare la proprietà in tempo dovuto.

"Ti offro quella città con i suoi cento appezzamenti da cui puoi richiedere una rendita locativa, o l'acquisto di essi se preferisci, e, inoltre, un grande pezzo di prato vicino al paese, dove puoi costruire un ranch che funge da copertura. per la tua attività. È un posto magnifico, sulla riva di un fiume e lontano da tutte le rotte conosciute. Ha il vantaggio che, tra poco, quando aprirà la ferrovia, la avrai a venti miglia di distanza, il che faciliterà il movimento del bestiame e facendo le cose come comanda il Diavolo, passerai agli occhi di tutti come un onesto commerciante in bestiame, perché quello che ti sei stabilito proprio accanto a una città occupata da cento coloni ti proteggerà.

"Una bella vista", rispose Swan, incuriosito dalle parole di Adam. Dove si trova questo paradiso che mi offri?

"Non ho problemi a dirtelo, perché è così sicuro nelle mie mani che nessuno può togliermelo. La cittadina ha già un nome, Abilene, ed è adagiata sulle rive di Smoky Hill, a una ventina di miglia da Victoria, che è il luogo più vicino dove circolerà la "Union

Pacific". La piccola valle è racchiusa tra due depressioni del terreno, che la proteggono e tagliano i percorsi comuni; cioè non è luogo di transito se non è ricercato.

"E per convincerti, ecco una mappa della valle, il luogo occupato dalla città, dove si trovano gli appezzamenti, con i nomi dei coloni e il pezzo di prato dove puoi costruire il ranch e tenere il bestiame al riparo di sguardi. indiscreto. Per i coloni, sarai il proprietario assoluto della valle e un allevatore decente che commercia in bestiame.

Swan esaminò attentamente i piani e poi disse:

"Non male. Adesso mi spiegherai il resto.

"Il resto, cos'è?

"Come è finito nelle tue mani e come puoi dimostrare che è tuo e che puoi venderlo.

"Come è arrivato nelle mie mani, è qualcosa che non interessa. Quando compri il bestiame dai ladri di bestiame, non chiedi loro da dove l'hanno preso; Li compri perché ti interessano e il resto non conta. Quando li vendi, chi li compra sa che non si acquista onestamente, ma visto che guadagna con l'acquisto, li acquisisce senza fare più domande e questo è il mio caso.

"Quanto al mio diritto di offrirlo a qualcuno, qui è molto chiaro. Questo è il registro della proprietà fondiaria con tutto ciò che contiene e conosci i registri abbastanza bene da sapere che è legale e che nessuno può contestarlo.

Swan, sempre più incuriosito, studiò i documenti e si convinse della loro legalità, disse;

"Perché non lo sfrutti?

"Per due motivi. Uno, perché avrei bisogno di soldi che non devo sistemare lì; e un altro, perché... è meglio che una volta venduto, sparisca. È possibile che qualcuno non sia d'accordo a essere richiesto pagare un affitto di quello che credono sia loro e cercare di prendere accordi per chiarire perché il terreno è registrato a mio nome. Avrei fretta di dare spiegazioni e non mi va bene. Ma legalmente venduto ed essendo un acquirente , non chi ha registrato la proprietà, nessuno può chiederti conti, l'hai comprata legalmente da chi ha presentato i documenti legali per venderla e non ne sai di più.

"In effetti, questa approvazione ti proteggerebbe da quelle spiegazioni che a quanto pare non potresti dare. L'incaricato dell'anagrafe saresti tu e non avrei nulla da sapere su di lui, poiché, al momento dell'acquisto del terreno, lo farei con documenti inconfutabili a vista, ma non mi negherai che, per il momento, io sarebbe molto assediato di dare al mio tempo spiegazioni di come l'ho acquisito ea chi.

"A chi è chiaro, visto che il mio nome è sul libretto di circolazione. Col dire che te l'ho offerto, l'hai studiato, ti è sembrato buono e l'hai acquistato, affare concluso. Non dovevi sapere come mi è venuto.

"Più tardi, se sono interessati, lascia che mi cerchino. Scomparirò di qui marciando molto lontano, e i fatti compiuti sono quelli che contano.

"Infatti, ma pensate che almeno fino a quando la marea non si calma e quelle persone devono rassegnarsi a sapere che i proprietari dei lotti non sono loro ma Io, mi terranno sotto controllo e io non potrò dedicare me stesso con tranquillità ai miei affari.

"Può durare un mese o al massimo due. Quando tutti i loro sforzi saranno esauriti e saranno convinti che nulla ha una soluzione per loro, dovranno rassegnarsi e essere d'accordo con te. Puoi essere magnanimo con loro, affermare che hai comprato in buona fede, che non sai nulla di lo sfondo della questione e che sei disposto a lasciarli continuare nelle loro trame. Finiranno ringraziandoti per il tuo comportamento e tutto tornerà alla calma più completa. Ciò che perdi guadagnando in un'attività in questo periodo, lo compenserai con gli affitti che ottieni dai lotti o con la vendita di essi, se preferisci. Non iniziare a mettere i cinesi sul sentiero perché il percorso è molto chiaro.

"Beh, è possibile, ma dovrò studiarlo. Cosa chiedete per il trasferimento di questi diritti?

"Diecimila dollari.

"Non ti sembrano un sacco di soldi per le complicazioni che l'acquisto può fornire?

"Le complicazioni sono minime, il profitto è molto redditizio e se in realtà questo non fosse arrivato tra le mie mani per una strada un po' storta e fossi stato il vero scopritore del terreno, non lo venderei due volte. Devo perdere e vincere, proprio perché l'unico che non potrebbe sfruttarlo senza difficoltà sarei io.

"Diecimila dollari sono una schifezza per quello che vale e se non ti va bene lasci perdere e io cercherò un altro acquirente, ma ti avverto di non pensare a ridurre di un solo dollaro, perché non lo ammetterò. Ho messo nei miei conti e questo è il denaro di cui ho bisogno.

"Va tutto bene, Adam. Vorrei sapere qualcosa su come hai gestito questa partita di poker con tutti gli assi a tuo favore.

"Ripeto che questa è la mia cosa. Tu studi se lo accetti o no e io ti do tempo fino a domani a quest'ora per rispondere.

"Lo studierò e domani ci rivedremo. La cosa non è ancora molto chiara e devo soppesare i pro ei contro.

Swan impiegò quelle ventiquattro ore per studiare a fondo la proposta. Il fatto che Adam non avesse voluto fornire alcun dettaglio su come si fosse impadronito di quei piani e su come fosse stato in grado di perquisire la terra a suo nome, aveva sospettato che le procedure utilizzate non fossero state molto ortodosse. Forse qualcuno che stava per verificare l'anagrafe aveva pagato con la vita le conseguenze di una riservatezza di quella natura e poi, era comprensibile che chi aveva affidato al proprio rappresentante il fallito compito di verificare l'anagrafe, si assumesse ogni sorta di passi per mettere in atto cancellare il saccheggio. Ma questo alla fine non lo ha influenzato. Se ha acquisito legalmente la valle davanti a un notaio e all'atto era allegato il foglio di registrazione che accreditava Adamo come proprietario legale, cercarlo e chiedergli un resoconto della sua prestazione. Ne sarebbe uscito privo di ogni sospetto, poiché avrebbe acquistato "in buona fede" ciò che gli offrivano con documenti attendibili.

E capendo che l'attività era magnifica, accettò. Sapeva che avrebbe dovuto combattere molte battaglie dialettiche con i coloni fino a ridurli alla realtà della situazione e il resto gli importava poco.

Quando tutto si fosse calmato, avrebbe costruito il ranch e sarebbe stato lì dove i fagotti acquisiti avrebbero trovato un rifugio legale, cosa che fino a quel momento era stato impossibile ottenere.

A che ora l'avrebbe portato più tardi, avrebbe visto come l'avrebbe resistito.

CAPITOLO IV

UN'ASSENZA INTERESSANTE

In assenza di Victor, che era l'uomo forte della città, che risolveva piccoli conflitti ed era sempre pronto ad aiutare chi ne aveva bisogno, uno dei due coloni che erano stati nominati con Bird era stato sostituito a lui per dirimere qualsiasi controversia che potesse sorgere tra i risolti. Questo era Leslie Simpson, un robusto contadino sulla trentina, duro per il lavoro, arguto per risolvere "problemi" che a volte si presentavano e che altri, meno istruiti, non sapevano risolvere e un uomo dinamico e amichevole, che tutti apprezzavano per le sue eccellenti condizioni umane.

Leslie sarebbe rimasto nel Kentucky dove non se la passava affatto male, se Valentine Marqueand, altro colono meno fortunato di lui, non avesse deciso di intraprendere l'avventura alla ricerca di terre sconosciute, nel logico desiderio di superare una vita miserabile che aveva trascinato da un po' di tempo. tempo atmosferico.

Che Valentine avesse deciso personalmente una cosa del genere non sarebbe importato molto a Leslie, ma accadde che, quando Valentine se ne andò, portò con sé sua figlia Margaret, e questo importava a Leslie, perché era innamorato della ragazza. e il suo scopo era di sposarla quando le circostanze lo permettevano.

Margaret amava il colono, ma non poteva permettere a suo padre di vivere l'avventura da solo. Era l'unica cosa che il vecchio colono aveva al mondo ed era suo dovere vegliare su di lui.

Leslie aveva offerto al padre di Margaret di portarlo nella sua piccola tenuta quando aveva sposato sua figlia, ma Valentine aveva l'orgoglio di sapere che poteva ancora cavarsela da solo. Voleva più della miseria di cui godeva, non per se stesso ma per sua figlia.

Il ragionamento di Leslie per convincerlo ad accettare la sua offerta era inutile. Il vecchio testardo lo respinse dicendo:

"Molto contento che mia figlia ti sposi e stia al tuo fianco, so che ti ami davvero e che sarà felice con te, quindi puoi farlo e correrò l'avventura per vedere cosa ottengo. Mi è venuto in mente che verso il Kansas occidentale posso trovare un angolo produttivo per concludere i miei giorni, cosa che non ho raggiunto qui, e posso provarlo io stesso.

Margaret, angosciata, lottò ferocemente per armonizzare il benessere dei tre. Si vedeva tra l'incudine e il martello, tra due amori diversi, ma uno profondo quanto l'altro. Non poteva rinunciare all'affetto di Leslie, ma nemmeno il suo dovere di figlia le permetteva di lasciare il padre abbandonato in quell'avventura che nessuno sapeva come sarebbe potuta finire.

L'unica soluzione che trovò il vecchio colono fu una e la propose:

"Poiché mia figlia non vuole abbandonarmi e non è giusto che rinunci alla sua futura felicità, vi propongo una cosa. Lei ed io siamo partiti per l'ovest del Kansas. Se trovo qualcosa di molto meglio di quello che abbiamo io e te, ti consiglierò di sbarazzartene e di venire a stabilirti con noi. Puoi sposarti lì e vivremo tutti meglio di come abbiamo vissuto fino ad ora, perché, sebbene tu goda di una posizione un po' migliore della mia, non è così luminosa da ripararti dalle preoccupazioni. Sai bene che un pessimo raccolto di un anno ti metterebbe in una posizione angosciante per molte stagioni.

E se fallisco e questo non è meglio di questo, allora prometto di tornare qui e rinunciare ad essere qualcosa di diverso da quello che sono. prendo un anno per provare il test,

La soluzione era relativamente accettabile, ma non andava bene nemmeno a Leslie. Sapeva cosa significava per un vecchio, anche se era ancora forte, e per una ragazza come Margaret, l'ignoto di quel viaggio attraverso terre che offrivano ancora innumerevoli pericoli e non poteva lasciarla in balia delle diminuite forze del padre .

E ha optato per una soluzione intermedia. Avrebbe venduto la sua proprietà, avrebbe usato tutto il denaro che poteva guadagnare per attrezzare un buon carro, e sarebbe andato con Valentine e sua figlia alla stessa sorte. Qualunque cosa fosse loro, sarebbe stata sua, e chissà se il vecchio aveva ragione e alla fine avrebbero trovato qualcosa di più vantaggioso per tutti in quelle terre, ancora quasi vergini in molte miglia di estensione.

Margaret è stata sollevata dalla decisione del suo ragazzo. In questo modo non si sarebbero separati e avrebbero goduto delle emozioni di qualcosa che le era completamente sconosciuto, poiché non aveva mai lasciato i limiti del luogo in cui era nata.

Ha venduto rapidamente la sua terra. Non era un capitale quello che gli veniva dato, ma bastava noleggiare due carri, caricarli di viveri e di alcuni animali domestici come diverse galline, una capra e un maiale e poter intraprendere il viaggio con grande fatica. Avevano ancora un po' di soldi rimasti per comprare alcuni elementi essenziali in futuro.

Leslie, che non era mai apparso in nessuna carovana, era quasi come un esperto delle praterie, al punto che il vecchio Bird non solo si affezionò molto a lui, ma gli affidò anche molte missioni essenziali per assicurare al meglio il successo della campagna . attività commerciale.

Leslie aveva tenuto il suo cavallo, un animale abbastanza buono e robusto; In essa fece scoperte davanti alla carovana, per sfruttare il terreno e fare in modo che la strada non offrisse ostacoli insormontabili.

E fu lui che un pomeriggio scoprì un gruppetto di indiani che, tesi in un'imboscata in cima a una collina, seguivano con attenzione la marcia dei carri, con l'intenzione di piombarvi addosso quando si erano accampati e di impadronirsi del bottino.

Il suo sguardo acuto aveva scoperto certi riflessi luminosi che partivano dalla sommità della collina; erano come se un bambino giocasse con un pezzo di specchio posto al sole, per mandare a distanza il raggio di luce.

Quando ha informato Victor della scoperta, il caravanista ha immediatamente tradotto in realtà cosa significassero quei segni. Una spia indiana stava comunicando con altri compagni nascosti sotto la collina, per informarli di ciò che stava vedendo.

Il caravanista non fu disturbato, anzi, sereno e duro, continuò a camminare davanti ai carri finché non trovò un luogo adatto per accamparsi. Lo fece vicino a una sponda che li avrebbe protetti da dietro, mentre i carri per ordine rigoroso, formavano una ruota compatta con dentro il bestiame, per proteggerli dalle frecce degli indiani, mentre gli uomini della carovana prendevano posizione nella carri e anche sotto di loro, fucili a portata di mano e munizioni a portata di mano.

Era una notte nervosa per tutti, in particolare per le donne, a cui non era permesso occupare i carri. Nel vuoto che formava il cerchio, stesero i loro borsoni e lì trascorsero la notte al riparo degli imprevisti che potevano sorgere.

Ma era quasi l'alba e non era successo niente. Alcuni emigranti iniziarono a mettere in discussione la minaccia degli indiani. Se era vero, avevano avuto il tempo di attaccarli da quando Leslie aveva scoperto i segni.

Ma Victor, severamente, indicò:

"Quando trascorri una dozzina di anni guidando carri attraverso la prateria, imparerai molte cose che non conosci. Non ci hanno attaccato perché gli indiani lo fanno solo al tramonto o all'alba, ma mai in piena oscurità a meno che non siano molto sicuri del successo.

"Pertanto, non essere troppo sicuro di sé, poiché non conosciamo il numero di nemici che possono attaccarci. Pensa alla tua che puoi solo proteggere e se ce n'è bisogno, bruciati le mani con la canna dei fucili, ma non smettere di sparare ferocemente.

Gli avvertimenti di Victor non erano stati le sue fantasie, poiché la luce del giorno era appena cominciata, un urlo impressionante squarciò il silenzio che regnava nel prato e un coro di urla gutturali fu l'eco dell'urlo.

Dall'erba alta, come serpenti che si alzano dal suolo, emersero ben due dozzine di indiani dipinti, seminudi, con altissimi fiocchi ornati di piume di vari colori. Accette affilate erano portate intorno alla vita in cinture di pelle di bufalo e, nelle loro mani, archi rozzi e pesanti, con frecce di riserva sul dorso in faretre tessute con strisce di liane.

Una pioggia di frecce cadde sui carri coperti, inchiodandoli con un oscillante sinistro, ma i carovanieri, seguendo le istruzioni della guida, fecero funzionare i loro fucili senza darsi tregua e una cortina di proiettili spazzò l'intero fronte occupato dagli indiani, che tutti correndo cercarono di raggiungere le auto per portarli all'assalto.

La rappresaglia degli emigranti fu tragica. Sebbene non tutti fossero abili tiratori e altri non riuscissero a mantenere il polso calmo per fissare il bersaglio, essendo il fronte di battaglia limitato, i proiettili raggiunsero micidiali la massa dei selvaggi ed essi cominciarono a cadere, crivellati di proiettili, senza dando loro il tempo di uccidere. raggiungere i carri.

La mortalità patita in pochi minuti li costrinse ad esitare ea ritirarsi, senza smettere di sparare, mentre un'altra dozzina di indiani che erano rimasti nelle retrovie. Forse occupandosi dei cavalli, vennero in aiuto dei compagni, ma non appena compresero che il tentativo era inutile, poiché la carovana era nutrita e composta da uomini tosti, pronti a morire uccidendo, si affrettarono a trainare i caduti , trascinandoli attraverso l'erba per cavalcarli sui cavalli e fuggire con il carico insanguinato.

Raramente un indiano lasciava il corpo di un compagno abbandonato; hanno rischiato la vita per salvare il suo cadavere e non si sono arresi finché non l'hanno fatto.

Quando gli ultimi caduti furono raccolti, proteggendo l'operazione, quelli che erano ancora in piedi, iniziarono a fuggire e Leslie, sparata dal combattimento, gridò:

"Per loro...! Dobbiamo porre fine a quell'orda!

Infuriato, sollevò uno dei carri per far posto e balzando sul cavallo che gli stava accanto, si lanciò dietro ai fuggiaschi, credendo che le altre carovane che avevano le cavalcature lo avrebbero imitato, ma Vittore con grandi grida ordinò che nessuno commettere tale follia, perché alcuni potrebbero cadere in un'imboscata.

Ma l'avviso per Leslie era in ritardo. Quest'ultimo si era lanciato per primo dopo i Redskins e li inseguiva a distanza.

Ma quando si voltò e vide che nessuno lo seguiva, esitò e decise di ritirarsi.

Ma in quel momento scoprì un indiano che, quando il suo cavallo inciampò in alcune pietre, lo aveva scaraventato per la testa da lontano, mentre il cavallino si alzava e continuava la sua corsa veloce.

L'indiano si arrampicò a terra cercando l'arco che gli era sfuggito di mano, ma Leslie, rendendosi conto che il selvaggio era una facile preda per lui, alzò il fucile e sparò.

L'indiano si girò più volte a terra e rimase grottescamente accovacciato. Leslie avanzò con il cavallo e, rendendosi conto che il selvaggio stava morendo, balzò dalla sua cavalcatura, si gettò sull'arco e sulle frecce, si strappò l'accetta dalla vita e tornò rapidamente al campo. Quando diversi coloni, guidati da Victor, avevano organizzato una colonna di soccorso, temendo che il coraggioso emigrante fosse stato vittima del loro impeto. La gioia di tutti è stata immensa quando lo hanno visto ricomparire portando quei trofei vinti a così poco prezzo.

Tuttavia, Victor si arrabbiò con lui dicendo:

"È stato avventato e potrebbe costargli i capelli. Gli indiani di solito simulano ritirate per affidare i loro nemici e attirarli dove tutti i vantaggi sono dalla loro parte.

Leslie si è scusata.

"Pensavo che gli altri mi avrebbero seguito. Se non lo sapessi, non li avrei seguiti al galoppo.

"Quando me ne sono accorto e stavo per voltarmi, un selvaggio è caduto da cavallo a terra. Così ho deciso di spargli e quando ho visto che era stato ferito a morte, sono saltato a terra e gli ho preso le armi.

E lui la mostrò orgogliosa della sua impresa.

"Ti mancano i capelli dell'indiano, Leslie" fece notare uno.

"Non sono così selvaggio come lo sono per scalpellare qualcuno. Lasciala andare all'inferno con il suo arco e le sue piume.

Quando tornarono ai carri, Margaret, molto spaventata, rimproverò Leslie per la sua imprudenza, ma Leslie cercò di minimizzare la questione. Era stata una persecuzione simbolica e se era vero che riusciva a ottenere quei trofei, era perché così aveva disposto il destino.

Questa era stata l'avventura più pericolosa che avevano intrapreso durante il viaggio, perché non furono più disturbati dai Redskins.

Leslie aveva amorevolmente conservato quei trofei, e quando ha costruito la sua capanna, l'arco e le frecce erano inchiodati al muro, mentre l'accetta affilata le pendeva sempre dalla vita sul lato opposto della sua Colt.

Era un'arma molto utile perché maneggevole e minacciosa, perché il suo filo tagliava un ramo in aria.

Questo coraggioso caravanserraglio era stato uno dei più in vista della città e tutti lo apprezzavano e rispettavano perché sapevano che era anche un uomo coraggioso, un ragazzo generoso e disponibile, sempre pronto ad aiutare chi ha bisogno.

Per questo motivo era stato scelto per governare la cittadina insieme a Victor e ad un altro colono molto abile nell'arte della caccia alle bestie. I tre formavano un comitato per la sicurezza molto completo.

Quando Bird era assente, Leslie si assumeva la responsabilità di prendersi cura dell'ordine e di provvedere a qualsiasi necessità imprevista, ma la vita nel villaggio continuava a svilupparsi docilmente, senza attriti o incidenti che richiedessero un intervento severo.

Leslie era uno di quelli che aiutavano a curare i raccolti dell'ex carovana e non si sarebbe accorto di essere stato assente dalla sua proprietà.

Nel pomeriggio, quando il lavoro era finito e i coloni lasciavano i loro campi per incontrarsi nel villaggio, Leslie approfittava del tempo per sedersi su una pietra alla porta della capanna che avevano costruito per Margaret e suo padre e lì chiacchieravano e scambiato impressioni sul futuro.

Erano passati due anni da quando erano arrivati nella nuova città e il matrimonio si stava allungando, senza che apparentemente si organizzassero cose per benedire il matrimonio. Il paese mancava ancora di una chiesa e la distanza che li separava dagli altri paesi era grande.

"Quanti pensi che saranno in grado di risolvere ciò che manca in modo che possiamo finalmente sposarci? chiese Margaret.

"Non credo che ci vorrà molto ora, mia cara", disse, sorridendo. Ne abbiamo già parlato con Victor e abbiamo concordato che quando tornerà da Hutchinson e le nostre proprietà saranno assicurate, costruiremo insieme una piccola chiesa e vedremo come portare un pastore che se ne occupi spiritualmente. Abbiamo il grano immagazzinato dal raccolto precedente e quando raccoglieremo quello attuale, ci sarà molto da fare per un viaggio di esplorazione che ci permetta di posizionare i nostri prodotti e avere soldi per comprare cose che sono molto necessarie. Se il nostro matrimonio deve essere il primo che si tiene in questa città, voglio che sia ricordato con affetto da tutti. Chi ha passato il peggio, può ben sperare di passare il meno male.

"Victor ha calcolato una quindicina di giorni tra andare e tornare e lasciare tutto risolto. Quando tornerò, discuteremo di alcune cose che valgono la pena e se tutto va come è ora, confido che quando raccoglieremo il raccolto, possiamo sposarci. Vedi che non ci vorrà molto.

Quando passò la fine della seconda settimana, data in cui l'ex carovaniere sarebbe tornato, tutti guardavano la sponda del fiume dove si aspettavano di vederlo apparire da un momento all'altro, con il carro carico di oggetti che molti erano indispensabili .

Ma un giorno e l'altro, e così via, ne passarono una mezza dozzina, senza che Victor mostrasse alcun segno di vita, ei coloni cominciarono ad allarmarsi ea fare ogni sorta di congetture per spiegare questo allarmante ritardo.

Di fronte alla singolarità del caso, tutti gli uomini della città si incontrarono la prima domenica in piazza, convocati da Leslie. La situazione era molto strana ed era necessario prendere una decisione.

Il colono, prendendo la parola, disse:

"Questo è abbastanza strano e, da parte mia, non riesco a trovare una spiegazione corretta.

«I calcoli di Bird erano ben fatti. Avrebbe dovuto trascorrere cinque giorni in viaggio, ma ha esteso una data in più per ogni giorno, in previsione di ritardi imprevisti.

"Accettato che il doppio viaggio consumerebbe dodici giorni, mettiamone uno per verificare l'iscrizione e due per ottenere l'acquisizione di tutti gli ordini. Aggiunte le date, sono i quindici giorni previsti.

"Ma ne sono passati altri sei e questo è già allarmante.

"Nessuno può dubitare dell'onestà di Bird: primo, per averlo dimostrato; secondo, perché il valore di ciò che hai lasciato qui è molto più alto dei soldi che ti diamo per gli acquisti, quindi una tua diserzione deve essere fermamente scartata.

"E se eliminiamo questo, abbiamo solo l'inquietante sospetto che possa aver subito un incidente, o forse una rapina sulla strada per spogliarlo di ciò che stava guidando.

"Questo è travolgente, in primo luogo perché la vita del nostro partner vale più di tutto ciò che potrebbe sopportare e in secondo luogo perché ci lascia impantanati nella preoccupazione, non solo per ciò che può essergli successo, ma come e quando.

"Se è stato al ritorno, non c'è dubbio che avrà verificato legalmente i registri e che non dobbiamo preoccuparci per loro, ma se l'incidente o l'attacco è stato consumato prima, qual è la nostra situazione e dove sono le nostre proprietà?

"Finora nessuno lo sa e non c'era alcun timore per quello che poteva succedere riguardo alla proprietà; Ma non possiamo dimenticare che ha portato con sé i progetti e tutta la documentazione necessaria per verificare la registrazione e che se tutti questi dati fossero caduti in mani senza scrupoli, qualcuno potrebbe anticiparci e registrare tutto a suo nome, lasciandoci in balia del preda di qualunque bastardo.

Ed è questo che dovrebbe preoccuparci. Queste sono due cose inquietanti, sia quando si tratta della vita di Bird che delle nostre proprietà.

"E chiedo a tutti, cosa si può e si deve fare per chiarire cosa è successo?

Qualcuno si è fatto avanti per dire:

«Pensiamo che la cosa sia chiara, Leslie. Qualcuno deve andare da Hutchinson per scoprire cosa è successo e vedere se hanno scoperto cosa è successo a Bird e cosa è successo al disco.

"Sì, mi sembra la cosa giusta da fare.

"Ma la domanda è chi andrà.

"Questo è quello che chiedo, chi andrà.

"La missione è spinosa, lo capiamo" continuò quello che si era fatto avanti per parlare, "ma essendo Bird assente, crediamo che nessuno sia più adatto di te a svolgere quella missione.

"Mi fai un grande onore indicandomi come il più adatto, ma dobbiamo tener conto non solo del pericolo da correre se c'è pericolo, perché questo non mi spaventa molto, ma dei miei interessi e di altre cose più intime. Dovrei lasciare le mie terre abbandonate in un momento in cui devono essere curate più avidamente e devo pensare che dovrei lasciare qui una donna che ha passato tre anni a contare giorno per giorno il tempo fino a quando non ci sposeremo e che se qualcosa mi accadesse inevitabilmente, sarebbe lasciato a se stesso. Non è per me, ma per lei che temo.

"È vero, ma... Margaret non è sola, perché ha suo padre. Possiamo giurare di prenderci cura dei tuoi raccolti a tempo indeterminato, se ti succede qualcosa con cui non verrai abbandonato. È vero che può perderti, il che non verrebbe pagato con nulla, ma pensa alla situazione. Se qualcuno approfittasse di un incidente subito da Bird e sequestrasse la documentazione per registrarla a suo nome, tu, noi, la tua fidanzata e il tuo futuro suocero, saremmo in una situazione peggiore di quando siamo arrivati qui e la vita perché tutto sarebbe l'inferno. Potrebbero buttarci fuori di qui legalmente, e cosa faremmo allora, dovendo abbandonare tutto ciò che ci è costato molto sudore per sollevare?

"So che avrai motivo di dire che quello che ti chiediamo, possiamo chiederlo a chiunque altro abbia lo stesso diritto, ma non tutti noi siamo validi per determinate missioni. Scavare la terra, annaffiarla, mietere le spighe e raccoglierle è fatto da chiunque, non importa quante luci abbiano, risolvere certe questioni che richiedono una certa illustrazione e un carattere appropriato per realizzarlo, non è alla portata di tutti. Se si trattasse di andare alla ricerca di qualcuno deciso a puntargli la rivoltella al petto e spargargli, mi offrirei subito, perché ho tutto il coraggio di farlo.

Leslie rimase in silenzio. Il ragionamento del colono non era privo di logica. La faccenda poteva essere drammaticamente complicata e non tutti avevano le condizioni adeguate per cercare di risolverla.

E poiché il suo istinto di preservare la sua eredità era più forte della sua paura personale, poiché valutava cosa avrebbe potuto significare per il suo futuro essere privato della sua proprietà, prese una decisione decisiva. Si sarebbe incaricato di una tale missione e quella fortuna avrebbe vegliato su di lui.

"Va bene" disse. Farò il sacrificio per tutti, ma spero che ognuno di voi sarà fedele alla promessa e che in mia assenza curerete i miei interessi oltre che i vostri. Quanto al futuro, se mi dovesse succedere qualcosa di irreparabile, confido anche che la mia fidanzata e il mio futuro suocero non vengano abbandonati.

"Giriamo solennemente che questo non accadrà. Siamo tutti d'accordo?

I coloni con le braccia alzate, giurarono di mantenere la loro promessa e Leslie si mise in viaggio per Hutchinson, per indagare su cosa potesse essere successo a Bird e in che stato fosse il registro delle sue proprietà.

Margaret ha gridato al cielo quando ha saputo della decisione presa dal suo fidanzato, ma lui era fermo in lei, ha risposto:

"Pensa che Bird abbia fatto lo stesso per tutti e che se ha fallito nella sua impresa, e ha anche subito qualcosa di irreparabile, qualcuno deve seguire le sue orme e risolvere la questione. Se si può fare qualcosa per un uomo del genere, devi provarci. D'altra parte, pensate cosa ne sarebbe di noi se incrociassimo le braccia e permettessimo a qualcuno di afferrare graziosamente ciò che è veramente nostro. Non potrei vivere con l'ansia di non sapere se passo sulla mia terra o sono in prestito e da un momento all'altro possono buttarmi fuori di qui come un usurpatore.

"Credo che Bird abbia semplicemente subito un incidente, ma dobbiamo cercare di chiarirlo e, allo stesso tempo, chiarire se è stato prima o dopo aver verificato il record.

"Non viaggerò in carro come lui, ma a cavallo. Questo ha due vantaggi; uno, che il carro non susciterà desideri di preda perché non esiste; un altro, che a cavallo posso muovermi più liberamente e anche fare il viaggio in meno tempo di Bird.

"Certo, forse il tempo che guadagni nel viaggio andrà perso nello sforzo di scoprire cosa è successo, ma non sarà tempo perso, anzi.

"Porterò le provviste per il viaggio e siccome ho ancora dei soldi, li prenderò per le spese che potrò avere durante la mia permanenza lì. Spero di avere abbastanza per acquistare un bellissimo braccialetto che potrai indossare il giorno in cui ci sposeremo.

Margaret dovette rassegnarsi a lasciare andare il suo fidanzato, e lui partì la mattina dopo. Il colono, preso da strani presentimenti, viaggiò tormentato, pensando all'energico Uccello. Si sarebbe pentito con tutta l'anima che fosse accaduto qualcosa di irreparabile al vecchio ex caravanista, solo per aiutare a legalizzare gli interessi dei suoi compagni.

CAPITOLO V

LESLIE OTTIENE UNA SORPRESA

Stanco, estremamente affaticato e cupo, Leslie raggiunse Hutchinson nei cinque giorni previsti. Aveva fatto viaggi giornalieri di circa venticinque miglia per guadagnare tempo nel caso in cui questo guadagno potesse essergli utile.

Arrivò a metà pomeriggio e siccome l'Anagrafe non lavorava fino al mattino, approfittò del tempo per prendersi un meritato riposo. Forse più tardi sarebbe mancato l'orario di lavoro per riposare.

Al mattino, dopo colazione, uscì dalla locanda e chiese dove fossero gli uffici dell'anagrafe. Non conosceva la città e qualcuno doveva guidarlo. Mentre si dirigeva verso la destinazione, osservava tutto svolgersi davanti ai suoi occhi. Aveva perso l'abitudine di spostarsi in luoghi popolati e diffusi e si considerava un naufrago in un luogo così vasto.

Sulla porta si fermò a meditare. Secondo i suoi calcoli, devono essere passati circa diciotto giorni da quando Bird ha dovuto verificare il verbale. Essendo l'8 maggio, la visita doveva essere fatta il 20 aprile. Non c'era nessuno allo sportello dell'Anagrafe e, avvicinandosi all'impiegato, disse:

«Mi scusi se la disturbo, ma la necessità mi obbliga a informarmi se qui sulle rive di Smoky Hill è stato verificato un registro di proprietà terriera.

"Dimmi il nome della persona incaricata di verificare la registrazione e la data della registrazione.

"La data doveva essere dal 20 al 22 aprile e l'incaricato di verificarla si chiama Victor Bird, ma non proprio a suo nome, bensì a nome di una comunità di cento coloni che si sono stabiliti lì.

"Aveva un piano con la distribuzione dei pacchi, i nomi dei beneficiari e persino il nome del paese chiamato Abilene. Forse questo nome e il fatto che ci siano così tanti coloni insediati, glielo farebbe ricordare.

"In effetti, il nome di quella città mi suona familiare, ma quello che non ricordo è di aver verificato una serie così voluminosa di documenti. Aspetta comunque e consulterò i libri.

Cercava i dati sulle date fornite da Leslie, mentre quest'ultimo, con il cuore in pugno, seguiva avidamente le manovre del cancelliere. Il fatto che ricordasse il nome del villaggio, ma non avesse inciso tanti nomi, lo allarmò.

Infine, l'impiegato, mostrandogli un voluminoso libro contenente gli atti verificati, esclamò:

"In effetti, eccolo qui. L'iscrizione è stata verificata il 21 aprile alle 10:40 del mattino, il luogo è indicato in una mappa allegata, dove si trovano gli insediamenti degli insediamenti, il nome del paese, che è quello che mi hai dato. e qualche altro dettaglio, come un pezzo di prateria inutilizzata destinata a costruire un ranch, ma il registro non è né a nome di quel Mr. Bird che indichi, né a quello dei coloni stanziati sul terreno. Il record è stato verificato a nome di Adam Greene, come puoi vedere.

Leslie si sentiva come se un'enorme montagna gli si fosse schiantata sulla testa, lasciandolo stordito. Si sarebbe aspettato tutto tranne quel colpo enorme che si è trasformato in una tremenda realtà la paura che aveva nutrito da quando Bird ha smesso di presentarsi alla data prevista.

"Stai dicendo che... il verbale è fatto solo a nome di... quell'individuo e che i coloni stanziati nel villaggio non sono affatto elencati lì?

"Esatto, signore. Sembra molto perplesso.

"Mancato non è la parola giusta, signore. È qualcosa di più profondo che accende un falò di rabbia nel mio petto che non so come sfogherò. Perché quel record che hai stabilito in buona fede è il prodotto di un furto indicibile e chissà se di un omicidio vile. La persona incaricata di verificare il registro era quella di cui ho parlato prima e non a suo nome, ma a quello di tutti i coloni. Quello che mi racconta mi fa temere che qualcuno abbia scoperto l'oggetto del suo viaggio e in un modo o nell'altro sia riuscito ad eliminarlo sequestrando tutti i piani per intestare il terreno a suo nome e diventarne proprietario.

"Ma se è così, dovrà mostrare la sua faccia e quando lo farà, temo che avrà poche ore di vita per godersi il prodotto della sua preda.

"E poiché posso provare ciò che sto dicendo in qualsiasi momento, ti sarei grato se potessi dirmi cosa si può fare per invalidare quel record e mettere le cose nel giusto ordine.

"Oh, mi chiedi qualcosa che considero impossibile! Qui viene registrato ciò che ciascuno presenta, giustificando che il terreno registrato esiste e si trova nel luogo designato. Il registro non deve sapere se realmente appartiene a chi si presenta oa un altro, poiché non essendo iscritto è di proprietà, come le miniere, del primo che fa l'iscrizione.

"Ora, se, come lei suggerisce, la persona incaricata di verificare questo registro è stata aggredita e derubata o uccisa e il delitto è provato e l'autore è catturato e confessa, allora le autorità sono chiamate a emanare una sentenza sulla quale frequentare. Se un giudice decidesse che c'è stata provata usurpazione e che la registrazione deve essere annullata e affidata ad un altro, noi ci atterremo alle disposizioni dell'autorità, ma solo così.

"Quindi, se ritieni che le cose siano accadute in modo criminale, segnala il caso allo sceriffo, indaga, trova la vittima e l'usurpatore e chiedi all'autorità di aprire il fascicolo corrispondente ed emettere la sua sentenza. Non possiamo fare nulla che sia giustificato qui, senza un ordine superiore.

Leslie, reagendo, ha risposto:

"Beh, grazie mille. Sono venuto per chiarire questa faccenda e non tornerò al villaggio senza riuscirci, anche se dovrò rimuovere tutta la terra in Kansas. Il farabutto che ha eliminato il nostro partner Bird e si è appropriato di questo, non gode molto della sua rapina.

E disperato, lasciò gli uffici del Registro.

Da quel momento si è imposto un lavoro estenuante per chiarire cosa fosse successo. Aveva bisogno di sapere cosa fosse successo a Bird, come fosse potuto succedere una cosa del genere e, inoltre, per individuare il furfante che, per circostanze a lui sconosciute, aveva scoperto cosa stava succedendo sulle rive del fiume e ne aveva approfittato di esso per cercare il terreno nel tuo nome.

E siccome capì che la prima cosa da fare era dare valore legale alla denuncia, non solo per cercare l'imitatore ma per poter sapere qualcosa su dove si trovasse lo sfortunato Bird, si recò da gli uffici dello sceriffo, per segnalare subito l'accaduto. Presenta la denuncia in modo che la ruota dell'autorità abbia cominciato a girare rapidamente.

Lo sceriffo era un uomo grasso, più che di mezza età, con la faccia rossa, i capelli grigi ribelli e i baffi spinosi, che davano l'impressione di avergli messo una spazzola stretta e ruvida sotto il naso.

Ma era un uomo accogliente e amichevole, ampiamente accreditato nel villaggio per la sua efficienza e sagacia.

Accolse Leslie con tutta cortesia e lui, dopo averlo pregato di attenzioni per la lunga storia che stava per fare, diede all'uomo delle stelle un resoconto di tutta l'odissea sofferta dagli emigranti, finché riuscì a far sorgere quella cittadina sulle rive del Smoky Hill, cittadina che secondo quanto aveva appena appreso, un furfante senza scrupoli si era appropriato, usurpando tutti i dati che Bird si era portato per effettuare la registrazione.

Quando finì la sua storia, aggiunse:

"Ora penso che ciò che si impone in primo luogo è informarsi per vedere cosa è successo al nostro collega. Sono giustificato nel timore che abbia dovuto essere assassinato per impedirgli di ribellarsi contro il saccheggio e mettere in pericolo il ladro che ha rubato i documenti. Comprendi che se fosse stata solo una rapina, Bird sarebbe stato impegnato nella campagna per intercettare il ladro e niente di tutto questo è successo. Non si è presentato in città nonostante sia passato molto tempo, e in Anagrafe le prime notizie che hanno avuto di questa imitazione sono arrivate per mio tramite.

Lo sceriffo, che lo aveva ascoltato con profonda attenzione, rispose:

"Credo anche io come te che il tuo socio sia stato assassinato per rubare i suoi documenti e poter effettuare la perquisizione, ma dove e come? Prima di raggiungere Hutchinson o dopo?

"Se era prima, qualcuno sa in quale luogo, mediando più di cento miglia dal suo punto di partenza alla nostra città, e se era qui ... è sconvolgente che il suo corpo non sia stato scoperto, anche se potrebbe essere che l'aveva nascosto da qualche parte in natura difficile da registrare.

"E mi chiedo cosa posso fare in questo caso. Non c'è il minimo indizio per localizzare il proprio partner e senza qualcosa di tangibile su cui appoggiarsi per agire, come faccio a svolgere qualsiasi gestione?

"Potresti fare qualcosa e scusarmi se mi permetti di darti la mia opinione.

"Al contrario. Qualsiasi aiuto riceverò lo apprezzerò, perché non sono così presuntuoso da credere che ciò che non mi viene in mente non può accadere a qualcun altro.

"In tal caso, ti dirò che vedo due punti di partenza.

Vediamo quali.

"Uno è scoprire chi è questo ragazzo di nome Adam Greene. Non è un'entelechia, hai verificato il record e sei stato qui, potresti esserlo ancora o qualcuno potrebbe conoscerti. Sospetto che un uomo di tale condizione morale possa essere conosciuto soprattutto nelle bische e nelle case di basso grado. Sono indesiderabili coloro che vivono in quell'ambiente, perché in qualsiasi altro non sarebbero a loro agio.

"Posso mandare i miei commissari a prendere provvedimenti nei luoghi che lei indica, ma, signor Simpson, c'è qualcosa che non mi passa per la testa e quello che lei un po' sconvolto dalla notizia non l'ha notato senza dubbio.

"Il fatto che?

"Sapendo per certo che l'anagrafe lo ha fatto per mezzo di un'usurpazione di documenti, non pensate allo stupido, che sembra prendere possesso del terreno sicuro che sarebbe stato ricevuto con le unghie e con i denti e anche di più, piuttosto che chiedendo che dimostrasse Come hai potuto verificare il record, sei stato accusato di omicidio se hai ucciso il tuo partner per rubare i suoi documenti?

"In effetti, sceriffo, ci ho pensato e la verità è che non capisco il gioco. Se fosse una terra abbandonata, senza abitata da nessuno, gli sarebbe possibile impossessarsene senza pericolo, ma di fronte a cento truffatori che vi cadrebbero come lupi affamati, la considero una stupidità indicibile.

«O forse un'intelligenza molto sottile, signor Simpson.

"Perché?

"Beh... perché mi viene in mente qualcosa che lo possa provare. Se non è un cretino, deve essersi reso conto del pericolo di correre e, quindi, dell'impossibilità di appropriarsi di quelle terre senza rischi. In questo caso, hai uno sbocco perfetto per scrollarsi di dosso quel pericolo ed evitarlo.

"Quale?

"Vendere il terreno a terzi, anche se per un valore irrisorio rispetto a quello che possiede. Venduto, intaschi i soldi e sparisci dalla scena lasciando l'acquirente di fronte a te.

"E se lo ha fatto, se la vendita è stata fatta legalmente, sulla base del certificato di registrazione, l'acquirente è esente da ogni colpa e nulla può essere fatto contro di lui. Ha comprato in buona fede ed è il legittimo proprietario del terreno, senza essere intervenuto nel furto dei documenti o nella morte del suo compagno, se è stato assassinato.

E in questo caso si scrollerà di dosso ogni responsabilità dicendoti che, se c'è stato un furto, tu lo chiarisci e persegui chi lo ha commesso, visto che ha legalmente comprato e pagato quello che chiedevano per il trasferimento di quei diritti.

Leslie, tesa, rispose:

"Come puoi scoprirlo? Ammesso che tu abbia ragione, qualsiasi trasferimento di proprietà deve tornare al Registro per cambiare proprietà, altrimenti ciò che è stato venduto continuerà ad essere di proprietà del venditore per scopi legali.

"Vero, e presumibilmente, se l'hai dato a terzi e loro l'hanno comprato in buona fede, ti sei precipitato a registrare il terreno a tuo nome. Possiamo tornare all'anagrafe e chiedere se c'è stato un cambio di proprietario.

"E se ci fosse, le cose si complicheranno ancora di più, perché nessuno potrà portarti via la tua proprietà, a meno che il malvivente che ha commesso il furto non venga catturato e dichiari come la documentazione sia arrivata nelle sue mani. Solo allora potrebbe prima essere sfidato perseguendo il ladro due volte, poiché ti ha derubato e ha frodato l'acquirente.

"Così cercheremo di fare chiarezza. Ora dimmi qual è l'altro indizio che stavi per indicare.

"Beh, vedi, Bird è venuto con un carrello per prendere alcuni oggetti che avrebbe dovuto comprare qui. Se l'evento è accaduto a Hutchinson, il carro deve essere stato abbandonato da qualche parte e da esso si saprebbe se era qui o è stato attaccato prima del suo arrivo.

"Il suggerimento mi sembra giusto e mi occuperò subito di inviare richieste alle locande del paese, e anche in periferia, nel caso trovino il carro abbandonato. Se lo localizziamo, sarebbe un filo conduttore che ci porta oltre e illumina questa materia oscura.

"E poiché ero molto interessato alla tua storia, vediamo se possiamo chiarire l'oscurità un po' il più rapidamente possibile.

«Aspettami un momento mentre ordino ai miei commissari di iniziare a indagare sul luogo in cui si trova il carro. Quindi tu ed io torneremo al Registro per vedere se puoi fornirci maggiori dettagli lì.

"Sono molto grato per il tuo interesse, sceriffo, e ti ringrazio non solo da parte mia, ma anche da parte di tutti i miei colleghi, che in questo momento sono con le anime in una discussione pensando a cosa potrebbe accadere a Bird e per cosa loro vorrebbe dire che dopo due anni di donazione di sangue sulla madre terra, verrebbe un furfante o chi non lo è, ma del resto è lo stesso, e li priva di ciò che è molto loro.

"E ho molta paura di ciò che potrebbe accadere, perché né loro né io siamo disposti a essere vittime di espropriazione. Questo diventerebbe un tragico campo di battaglia, come si può immaginare quali sarebbero un centinaio di uomini inferociti, pronti a difendere la propria terra con le unghie e con i denti.

"Mi occupo io e vedremo cosa si può fare per chiarire questo pasticcio e riportare le acque nei loro canali legali.

Lasciò l'ufficio per dare ordini a uno dei suoi commissari che stava prendendo il sole fuori dagli uffici e tornò da Leslie, dicendo:

"Sono le dodici; siamo ancora in tempo per arrivare all'Anagrafe prima che chiudano; andare?

"Sono al tuo servizio.

Si diressero al Registro. Mentre si avvicinavano alla finestra, l'impiegato salutò calorosamente l'uomo delle stelle:

"Ciao sceriffo, come va da queste parti?

"Vengo a vedere se chiarisci una faccenda apparentemente molto brutta, avvenuta in occasione della registrazione di alcuni terreni vicino a Smoky Hill.

"Ah già! Ora che guardo il suo compagno mi ricordo di lui e sono contento che tu sia venuto perché, rivedendo i libri, ho trovato qualcosa che è legato a quel disco.

"Sì? Vediamo di cosa si tratta.

"Semplicemente un cambio di proprietà. Il 24, un individuo di nome Ludwing Swan, commerciante di bestiame, residente in un paese chiamato Sterling, comparve qui per registrare a suo nome la proprietà del paese chiamato Abilene, con tutti i terreni circostanti secondo i piani originali qui depositati. Ha portato la copia autenticata dell'atto di acquisto e la nuova proprietà è stata registrata a norma di legge.

"L'ho ricordato con il nome della città, poiché la maggior parte delle terre che vengono all'anagrafe sono vergini e non hanno un nome proprio.

Lo sceriffo esaminò l'iscrizione e rivolgendosi a Leslie che era rossa di rabbia, disse:

"Ti rendi conto che il furfante non era stupido, ma troppo intelligente? Sapeva di essere in serio pericolo cercando di reclamare la terra per sé e ha preferito darla a qualcun altro, anche se con minor profitto. Vedere qui; L'ha resa per diecimila dollari.

"Ci sarà un mascalzone...! Ma, se questo vale venti volte di più!

"Per te, sì, ma non per lui. Diecimila dollari sono soldi al sicuro, l'altro... era esporsi a ricevere il suo peso in piombo fuso.

"Beh, abbiamo già chiarito una cosa, anche se invece di semplificare la faccenda la complica ulteriormente. L'acquirente non si rassegnerà a rinunciare alla sua acquisizione o addirittura a pagargli quanto ha pagato per il terreno, e se le cose non andranno molto bene per consentire l'annullamento della registrazione, dovrà capirle con il nuovo proprietario, il quale per il momento la Legge protegge. Più tardi... Dio lo dirà.

Hanno lasciato il Registro. Leslie sembrava stordito, temendo che sarebbe venuto il momento in cui sarebbe dovuto tornare al villaggio per informare i suoi compagni della tragedia che li stava avvenendo e, ancora di più, temeva cosa sarebbe potuto accadere quando il legittimo proprietario del terreno si fosse presentato a lui. cacciarli dai loro campi, o imporre loro un canone a loro piacimento, che ridurrebbe in larga misura i miseri profitti che erano riusciti a raccogliere fino ad ora.

D'altra parte, il ricordo di Bird non lasciava la sua immaginazione. Uomo sensibile, si rese conto che l'infelice ex caravanserraglio era stato una vittima innocente, sacrificata per il gusto di aver voluto rendere un prezioso servizio ai suoi compagni di esodo.

Già sulla porta degli uffici, lo sceriffo smise di dire:

"Come vedrai, al momento non si può più fare. Dovremo aspettare che i miei commissari facciano indagini per vedere se scoprono il carrello o qualsiasi dettaglio che dimostri che il suo partner era qui ed è stato qui che lo hanno spogliato dei piani. Non ho molta fiducia in questo, perché se fosse stato ucciso qui, il suo corpo sarebbe stato trovato e non abbiamo trovato nessun morto non identificato.

"Penso che si potrebbe tentare una nuova gestione.

"Quale?

"Scopri chi è quel commerciante che ha comprato la proprietà da Greene, per vedere che indizio può darci riguardo al ragazzo con cui ha avuto a che fare per comprarlo. Devi sicuramente conoscerlo e sapere qualcosa su di lui.

"Hai ragione e poiché la città non è molto lontana da qui, ti mando una convocazione a comparire. Vedremo cosa puoi dirci di interessante. Ora fammi sapere dove alloggi così posso farti sapere se scopro qualcosa di utile.

Leslie gli diede l'indirizzo della locanda, che si trovava non lontano dagli uffici, ei due si strinsero la mano calorosamente.

"Le sono molto grato per il suo interessamento, sceriffo", disse Leslie.

"Sto semplicemente compiendo il mio dovere e spero che la fortuna sia con noi e che possiamo localizzare quel buharro. Rimpiangerebbe che questo non possa essere risolto, per i suoi colleghi. Mi occupo di cosa può significare per loro essere privati delle loro proprietà.

CAPITOLO VI

UNA FATTORIA È GIUSTIFICATA

Poco prima dell'ora di cena, Leslie ricevette un avviso dallo sceriffo di presentarsi agli uffici e l'ansioso colono si precipitò all'appuntamento.

Lo sceriffo, molto serio, disse:

"Abbiamo già scoperto qualcosa, signor Simpson, ma purtroppo quello che abbiamo scoperto non chiarisce nulla e credo ancora che lo oscuri di più.

Abbiamo trovato un carro abbandonato alcuni giorni fa nell'isolato di una locanda in Plaza de los Sauces e gli ho chiesto di accompagnarmi a esaminarlo per vedere se era del suo compagno. Ma se lo è, poco altro possiamo sapere.

«Da quanto ha detto l'oste, è stato lasciato lì da un tipo sulla sessantina, di buona statura, bruno, con i capelli grigi. Dormiva alla locanda e la mattina dopo si alzava presto, lasciava la locanda e tornava all'ora di pranzo. È partito, è tornato la sera, ed è ripartito verso le nove e mezza, per non tornare più.

Il proprietario stava aspettando il ritorno del proprietario del veicolo, poiché presumeva che non lo avrebbe lasciato lì in cambio del giorno di alloggio, poiché il carrello vale molto più del debito.

Come ha detto, già cominciavo ad allarmarmi per il ritardo e stavo per rendermi conto del fatto. Questo è tutto.

"Hai detto quando è arrivato?

Il 18 pomeriggio e il 19 scomparve.

«L'indirizzo corrisponde a quello del nostro collega, ma devono aver preso il nome.

"Infatti, ma è successo qualcosa di strano. La persona incaricata di segnare le voci ha fatto girare il calamaio nel libro e ci sono due nomi completamente illeggibili. Uno è il proprietario del veicolo.

"E non ricordi il nome?

"Dice di no.

«Be', possiamo andare a esaminare il carro.

Andarono entrambi alla locanda e non appena Leslie si portò al viso il pesante hulk, esclamò eccitato:

«È di Bird, signor sceriffo... la conosco molto bene.

«In tal caso, resta solo da scoprire che fine ha fatto il suo proprietario. Come ho detto, non ho la minima notizia che alcun corpo sia stato trovato in quei giorni senza identificare o identificare quel nome. Dobbiamo ammettere che se è stato assassinato, è stato portato via da qui e nascosto in qualche incidente per terra. Dovrò ordinare l'esplorazione dei luoghi adatti a nascondere un cadavere.

"Non hai scoperto niente su quel gufo di Adamo?

"E' ancora presto, ma senza segni personali non è così facile. Solo per nome, doveva essere ben conosciuto qui per dare qualche segno di lui.

"Mi occupo della difficoltà e mi dispiace di non poter fare qualcosa per aiutarti.

"Ciò che i miei uomini non possono realizzare, tu non lo realizzerai.

"Presumibilmente. Non mi resta che stare a guardare e aspettare. La cosa spiacevole è che, data la distanza e la mancanza di comunicazioni, mi è impossibile inviare qualsiasi messaggio ai miei colleghi, informandoli di ciò che sta accadendo. Se impiegherò troppo tempo per scoprire qualcosa di pratico, sarò costretto a tornare al villaggio e riferire ciò che sta accadendo, anche se dovessi tornare più tardi.Se impiegasse troppo tempo, finirebbero anche per temere per la mia vita e Ho lasciato lì dei parenti che sarebbero stati angosciati dal mio destino.

"Cercheremo di sbrigarci il più possibile. Ho già scambiato il mio socio in Sterling per rintracciare Swan e costringerlo a venire qui in fretta. Forse da quanto dichiara quell'uomo potrà emergere qualche nuovo raggio di luce.

Leslie, senza speranza e sempre più triste, pensando al tragico destino che Bird avrebbe potuto subire, si ritirò nella locanda. Non aveva voglia di visitare il villaggio, men che mai i magazzini, in cerca di qualcosa da portare alla fidanzata. Le cose non bastavano per pensare a spese superflue, quando erano minacciate di rovina imminente.

E pensando a questo, la sua rabbia era infinita.

Da buon colono, amava Madre Terra come poteva amare la propria vita. Aveva sempre vissuto dello sforzo di coltivarlo; la terra gli aveva offerto il suo sostentamento quotidiano in misura maggiore o minore e lui non poteva rinunciare a quel pezzo di terra graffiato di sudore e che prometteva tutto il benessere e la felicità che aveva sognato quando era riuscito a sposare Margherita.

Non! Non poteva rinunciare a lei e non si sarebbe arreso. Né Greene, né Swan, né nessun altro gli avrebbero strappato quella terra che era la base della sua esistenza, perché lo avrebbe difeso sparando contro chiunque esso fosse, sotto la protezione della legge o contro di essa, perché la legalità che Swan potrebbe invocare una legalità usurpata.

Indebolito, si sedette su una delle tante vecchie sedie di vimini nell'atrio. Accanto alla sedia c'era un ampio tavolo e, sparsi su di esso, alcuni giornali antiquati e un paio di riviste dell'Est malconce.

Meccanicamente, senza sapere cosa stesse facendo, prese una rivista, ma la posò subito. Poi, frugò in diversi giornali molto letti, e quando stava per lasciare l'ultimo perché gli mancava il coraggio di leggere cose che non gli interessavano, i suoi occhi si imbatterono in un'epigrafe di un evento che vi era raccontato.

Il rilascio è stato guidato da un titolo che diceva:

MISTERIOSO CRIMINE

Senza sapere perché, fu incuriosito dal titolo e iniziò a leggere avidamente. Quando ha saputo che l'uomo ferito era stato trovato in un vicolo vicino alla Plaza de los Sauces, il suo cuore ha battuto violentemente poiché la locanda dove aveva soggiornato Bird si trovava in quella piazza.

E quando finì di leggere la storia, non c'era dubbio che l'uomo gravemente ferito che era stato portato all'ospedale in uno stato agonizzante fosse Bird.

E forse questo spiegava l'affermazione dello sceriffo, assicurando che nessun corpo non identificato era stato trovato. Non l'aveva trovato, perché Bird era stato prelevato vivo e portato in ospedale. E ora, quello che mancava per confermare i suoi sospetti, era sapere se il ferito era morto, se era stato sepolto e se c'erano altre prove che avevano appena chiarito i suoi dubbi.

In fretta, prese il giornale e si presentò agli uffici dello sceriffo.

Quest'ultimo, osservandolo pallido e nervoso, chiese:

“Cosa c'è che non va in lei, signor Simpson?

"Non lo so. Penso di aver scoperto un indizio per localizzare il mio compagno scomparso, ma ho preferito venire a trovarlo affinché sia lui con la sua autorità a svolgere le indagini in merito, se non si sa qualcosa di più specifico su questo.

E gli porse il giornale dicendo:

Vedi la data. Il giornale è del 20 e Bird è scomparso il 19 alle nove e mezza. Soggiornava invece alla Posada de los salse e il cadavere del moribondo è stato ritrovato in un vicolo vicino alla piazza. Questo sembra affermare che si tratti di Bird e che sia stato assassinato mentre tornava alla sua loggia.

Lo sceriffo, dopo aver esaminato il documento, ha risposto:

"È molto probabile che abbia ragione. Il ferito è stato ritrovato all'alba e all'ospedale mi hanno detto che non hanno dato un centesimo per la sua vita. Hanno acconsentito ad avvisarmi se fosse morto o guarito e io avrei potuto testimoniare, ma finora non mi hanno fornito alcuna notizia di lui. La verità è che aveva dimenticato questo evento e non l'ho collegato alla scomparsa della sua compagna. Ma possiamo rimediare subito andando in ospedale a vedere il ferito.

"Non potrebbe essere morto e...?

"Non credo, perché se fossi morto mi avrebbero dato la parte corrispondente.

"Ma non l'hanno nemmeno chiamato per prendere una dichiarazione.

"Vero, ma questo può indicare che, contro la prognosi dei medici, non è morto, anche se la sua guarigione, data la gravità che ha presentato, non è stata ancora raggiunta e il ferito è vivo, ma non è ancora in grado di parlare.

"Lo visiteremo e se è quello che supponiamo, il caso sarà chiarito. Confido che, se non è morto, dopo tanti giorni, è che i medici stiano compiendo il miracolo di preservare la sua vita e che a un certo punto la scienza trionferà in questa lotta contro la morte. Venite con me, dunque, anche se l'ora è un po' tardi, per me tutte le ore sono buone e nessuno mi negherà l'ingresso e l'esame del ferito.

Con la sua anima su un filo, Leslie ha accompagnato lo sceriffo. Stava mentalmente chiedendo a Dio che quel ferito in incognito fosse Bird e che continuasse a preservare la sua vita, non per quello che poteva chiarire sull'evento, ma perché meritava di continuare a vivere.

Quando arrivarono in ospedale, il medico di guardia li salutò chiedendo:

«Cosa ti porta qui a quest'ora, sceriffo?

"Vengo a sapere cosa è successo a un uomo molto gravemente ferito che è stato trovato diversi giorni fa in un vicolo vicino a Plaza de Los Sauces e di cui non mi hai dato la minima notizia.

«In effetti, sceriffo, ma non è stato ancora presentato alcun caso per informarla.

"Il ferito è stato una settimana più vicino alla tomba che alla vita, ma miracolosamente la morte è stata evitata, poiché la coltellata che ha ricevuto alla schiena lo ha interessato al polmone e a qualche altro organo, cosa che ci ha fatto temere un esito fatale.

Ma fortunatamente, nella gravità, sembra che il pericolo stia diminuendo senza che questo significhi che non esiste ancora. Il ferito è forte come un bufalo e si riprende lentamente; tuttavia, non ha ancora ripreso conoscenza, né sappiamo quando potrà farlo.

"Se continua così, è possibile che tra qualche giorno cominci a rendersi conto che è ancora nel mondo e può dire qualcosa, ma fino ad ora è un corpo che respira con calma e nient'altro.

"Per questo motivo non abbiamo potuto avvisarlo. Non è né deceduto né in grado di dichiarare nulla.

"Beh, almeno la notizia è carina, visto che a quanto pare quel pover'uomo si sta salvando dalla caduta nella tomba.

"Sì, e suppongo che quando viene a trovarci a quest'ora, è perché gli porta qualcosa che ha a che fare con il ferito.

"In effetti, quest'uomo che mi accompagna sospetta che sia un suo collega che è venuto qui per espletare alcune formalità e di cui non hanno più notizie da quando lo ha salutato. Siamo venuti a dare un'occhiata per vedere se è lo stesso.

"Molto bene. In tal caso, seguimi.

Li portò in una piccola stanza dove c'era solo il ferito. Non gli andava che ci fosse rumore intorno a lui, e per questo era stato isolato dagli altri. Leslie diede una rapida occhiata al viso rattrappito, barbuto e pallido del paziente per riconoscerlo.

"È lo stesso, sceriffo" affermò con voce velata dall'emozione. Questo è il nostro collega Victor Bird.

«Ne ero quasi certo», replicò lo sceriffo, «e credo che questa identificazione chiuda la storia.

Il dottore ha chiesto:

«Sono riusciti a scoprire chi era il selvaggio che lo ha accoltellato?

"Sì, conosciamo il nome e conosciamo il movente, quello che non sappiamo è chi sia il criminale e dove si trovi, ma cercheremo di localizzarlo.

E ora non mi resta che ringraziarvi per l'interesse che avete messo tutti nel salvare la vita di questo infelice e ribadire la mia richiesta che appena sarà in grado di parlare, me lo faccia sapere.

"Non preoccuparti, è così che si farà.

Entrambi strinsero la mano al dottore e lasciarono l'ospedale.

Per strada, Leslie ha commentato:

"Ora sono infinitamente felice di aver intrapreso l'avventura di fare questo viaggio fastidioso. Non posso abbandonare quest'uomo; e farò tutto ciò che è in mio potere per prendermi cura di lui non appena sarà in grado di tornare al villaggio.

"Ma temo che questo andrà avanti per molto tempo e mi costringerà a fare un nuovo viaggio. Non posso avere un centinaio di uomini incerti, non solo su quello che è successo a Bird, ma su quello che potrebbe essere successo a me, se mi ci vorrà troppo tempo per tornare.

"Se puoi aspettare un paio di giorni o tre, forse in quel lasso di tempo riusciremo a scoprire qualcosa. Attendo una risposta da Sterling per l'apparizione dell'acquirente di quel disco, per vedere cosa ci dice; e per quanto riguarda il cosiddetto Adam Greene, darò ordini in tutto il distretto in modo che gli sceriffi siano attenti, nel caso in cui in qualsiasi momento si presenti da qualche parte dove può essere localizzato.

Per ora, ammetto la tua denuncia e ti accuso di tentato omicidio e rapina. Quando si presenta, spero che non si diverta molto.

"Due o tre giorni, e anche quattro o cinque, posso aspettare. I miei colleghi sanno o sospettano che la missione che porto può essere laboriosa e durante questo periodo non si sentiranno molto nervosi. Non voglio andarmene da qui senza poter parlare con Bird e sapere quando almeno è fuori pericolo.

"Se continua a riprendersi come indicato dal medico, è possibile che a quel punto sarà in grado di rilasciare una dichiarazione. Sarebbe molto interessante integrare le informazioni con quello che dici.

Quindi armati di pazienza e tieni i nervi saldi. Per ora, la vita del tuo partner sembra essere al sicuro, e questo è già un vantaggio a tuo favore. Vedremo se riusciremo ad ottenere altri positivi che ci permettano di annullare quel maledetto primato e restituire loro le loro terre e la tranquillità che stanno perdendo.

"Lo vorrei! Sii così, sceriffo, perché altrimenti temo che lì vicino al fiume succedano cose molto spiacevoli l'uno all'altro.

Si salutarono e Leslie si preparò ad aspettare ulteriori eventi se si fossero verificati.

Si era rassicurato sul destino di Bird; ma rimaneva il gravissimo problema della proprietà delle sue terre, e questa lo travolse.

Il giorno dopo era un giorno vuoto. Impaziente, fece una visita in ospedale, dove gli fu detto che Victor stava ancora più o meno, ma stava lentamente migliorando.

E il giorno dopo ricevette un avviso dallo sceriffo di presentarsi con urgenza ai loro uffici.

Sperando che lo sceriffo fosse riuscito a scoprire qualcosa su Adam, un tipo alto, flessibile, scuro, dall'aspetto determinato, vestito in modo relativamente elegante si presentò rapidamente negli uffici dove lo sceriffo si stava incontrando.

Lo sceriffo fece la presentazione dello straniero, dicendo:

«Ti ha presentato il signor Ludwing Swan, che è appena arrivato da Sterling su mio ordine di presentazione. Quest'uomo è Leslie Simpson, uno dei coloni stabiliti ad Abilene.

"Piacere di conoscerti" disse Swan, sorridendo, mentre porgeva la mano al colono.

Lo strinse dolcemente, senza alcuna effusione, pur comprendendo che il trafficante non era colpevole della fastidiosa situazione che lo assillava.

«Ebbene, signor Swan, poiché è stato interessante che il signor Simpson fosse presente alla nostra intervista, poiché è una parte interessata, ho ritardato a lungo il nostro parlare del motivo della sua chiamata. Ora possiamo farlo, senza dover ripetere di nuovo la conversazione.

"Da quello che ho potuto verificare nel registro, hai registrato a tuo nome un certo pezzo di terra adagiato sulle rive di Smoky Hill, dove un centinaio di coloni hanno fondato una città chiamata Abilene, non è vero?

"Giustamente.

"E sei stato venduto da un ragazzo di nome Adam Greene, giusto?

"Questo è indicato nel registro.

«Come ti ha offerto Adam quell'affare?

"Perché aveva bisogno di soldi, ha detto.

"Conosci Adam da qualcosa di diverso da quell'operazione?

"Beh... come incontrarlo, lo conoscevo, ma non molto. L'ho visto un paio di volte qui nelle bische, ma il nostro trattamento non è stato di amicizia. Uno conosciuto come tanti.

"Che motivo avevo per offrirti quella vendita?

"Forse sapendo che stavo cercando un posto che non mi costasse caro, per costruire un piccolo ranch e poter ospitare il bestiame con cui traffico. A volte non è facile comprare una punta di bestiame e venderla allo stesso tempo e questo mi ha creato un problema per posizionare il bestiame mentre ero in grado di venderlo.

E lui lo sapeva? Glielo avevi detto?

"No. Aveva parlato più volte in quei luoghi della necessità che aveva di trovare quella terra e deve averla sentita. Per questo me l'ha offerta.

"Sapevi da dove veniva quella proprietà?

"Io? Perché doveva saperlo?

"È sempre interessante conoscere l'origine di ciò che si acquista, soprattutto quando viene offerto così generosamente, poiché avrete calibrato che un paese con cento appezzamenti di terreno in funzione e un prato per fondare un ranch, valga molto di più di quello. cifra minima di diecimila dollari che ha dato per lei.

"Quando sei sotto pressione di denaro, molte cose vengono vendute per un valore inferiore, a volte il bestiame a un prezzo inferiore a quello che paghi per loro e se sei un uomo hai sentito il bisogno di denaro, è giustificato.

"Solo un momento. Non era scioccato che una proprietà che era stata registrata una settimana prima fosse stata offerta così urgentemente e a un prezzo così basso?

"Non ho dovuto immischiarmi negli affari privati del venditore. Questo aveva la registrazione di quel terreno in regola, l'ho comprato da un notaio in quanto accreditato e ho provveduto a registrarlo a mio nome. Tutto ciò che riguarda chi me lo ha venduto, è qualcosa che non mi riguarda.

"Forse sì, signor Swan, perché quella terra è stata registrata a nome di Adam Greene, attraverso un tentativo di omicidio e il furto di tutta la documentazione che la vittima portava per verificare l'anagrafe a nome dei 100 coloni lì stabiliti.

"E deve pensare che ciò possa riguardarlo, perché se Greene viene arrestato e confessa come deve, che, in effetti, ha cercato di assassinare il portatore dei piani e li ha rubati per perquisire la terra in suo nome, l'autorità legale dovrà considerare il fatto e annullerebbe sicuramente il primitivo verbale, che verrebbe privato di quell'acquisto che, se sembrava un buon affare, si sarebbe trasformato in un pessimo affare.

Swan si ribellò quando sentì lo sceriffo.

"Ehi, non conosco l'origine di quella registrazione, né mi interessa, quello che so è che l'ho comprata, pagata e regolarmente registrata. La terra è mia e ...

"Non essere arrabbiato, perché non sarai in grado di sconvolgere le cose. La Legge raggiunge tutti in misura maggiore o minore e quando qualcuno ruba un oggetto e lo vende, entrambi sono coperti dallo stesso codice. Colui che ha rubato in misura maggiore e colui che ha comprato, se lo ha fatto in buona fede, non subirà i rigori di una sanzione penale, ma perderà quanto ha pagato per l'oggetto, poiché ha un proprietario definito e lui non l'ha venduto, ma che è stato rubato, ma se l'acquisto è stato effettuato conoscendo l'origine dell'oggetto, allora il codice raggiunge entrambi.

"Questo dovrebbe essere messo nella sua testa in modo che non sia sviato se le cose vanno dove dovrebbero andare e la terra viene restituita ai suoi veri proprietari.

E avrei perso quei diecimila dollari?

"Puoi procedere contro chi ti ha truffato vendendoti ciò che non era tuo e facendoti doppiamente perseguire. Se sei degno di credito, otterresti indietro ciò che hai pagato ingiustamente.

"Un ragazzo che vende dieci vale per un solvente?

"Penso di no, ma... lealmente non comprerei alla cieca se me lo offrissero, un brillante valutato mille dollari, per cento, perché è sempre possibile sospettare che l'origine non sia molto chiara.

"C'era un record legale che lo garantiva.

"Una registrazione legale in una certa misura, Uno è proprietario di una cosa, finché non è dimostrato il contrario.

E sono io quello che deve perdere?

"Egli è esposto ad esso, non appena ci sono prove affidabili che mostrano il furto. Quando ciò accade, potresti perdere diecimila dollari, ma qualcuno perderà la vita allo stesso tempo.

"La vita di quel buharro mi importa poco, quello che conta per me sono i miei soldi.

"Non sono egoista e sono disposto che io e quei coloni raggiungiamo un accordo, se, come dici, la terra dovesse essere registrata a loro nome. Entrambi siamo stati truffati ed è giusto che tutti subiamo delle perdite un po'.

"Se vogliono, non chiederò loro niente di più di quello che ho pagato per la terra. Che tutti mi paghino per la proprietà dei loro pacchi quei diecimila dollari che ho pagato io, che non è molto diviso tra cento e che lasciano libero il pezzo di prato per costruire il ranch e mantenere il mio bestiame. Penso di avere ragione.

Ma Leslie, intervenendo, rispose:

"Quella cosa che metti in fantasia ha ragione, perché essendo noi i veri proprietari del terreno dovremmo perdere i diecimila dollari a tuo favore e tu, invece di perdere, vinceresti quel pezzo di prateria equivalente alla stessa cifra di terra che occupiamo insieme.

"Certo che perdo. Potrei venderlo per quattro o cinque volte quello per cui l'ho pagato.

"Lo perderebbe se l'acquisto fosse stato legale, ma non essendolo, quella convinzione è frustrata al punto da avvertirlo di non cercare di venderlo velocemente per liberarsi di quel fardello, perché non ci riuscirà. Il registro ha l'ordine di immobilizzare la proprietà di quel terreno fino a quando non sia chiarito in qualche modo chi può o dovrebbe essere il vero proprietario.

"E come verrà chiarito e quando?

"Quando Adam viene catturato e dichiara ciò che deve dichiarare. Solo allora i giudici possono avere l'ultima parola.

"E se quell'uomo non avesse guardato o... si fosse trovato morto?

"Perché dovrebbe apparire morto?

«È un presupposto, tanto più che è un uomo dalla vita equivoca, che frequenta bische, beve, fa il duro e litiga. Un giorno, qualcuno può mettere due once di piombo nel suo corpo e poi...

"Il cielo può anche sprofondare su di noi, oppure può verificarsi un terremoto che ci annienta tutti. Non posso andare così lontano finché la realtà non mi porta lì.

"Bene, ma visto che dobbiamo attenerci al momento, il momento è uno ed è chiaro. Finché non si prova il contrario, io sono proprietario di quel terreno e posso disporne come proprietario e signore.

"Fino a un certo punto. Non puoi provare a venderlo, perché la vendita non sarebbe accettata nel Registro e perché i coloni non sono disposti a comprarlo, perché è tuo.

"Ma ho il diritto di espellerli da lì se si rifiutano di prendere un accordo e affittarlo a chi paga l'affitto quanto basta.

"Spero che si dimetta e non ci provi. Incontrerebbe l'ostilità di un centinaio di disperati e non credo che sia in grado di imporsi con la forza.

La rabbia del contrabbandiere cresceva ogni volta che lo sceriffo lo confrontava con argomenti che annullavano le sue opinioni.

E fuori di sé gridò:

"Quello che può succedere è la mia cosa. Sono il legittimo proprietario di quella terra e farò ciò che ritengo opportuno, purché non ci sia nulla di più grande della mia forza e del mio diritto che lo impedisca. Se il colpevole è quel maiale Adam, trovalo, salvalo, ma lasciami in pace.

"Ti cercheremo e ti impiccheremo se possibile, ma con questo non guadagnerai nulla, perché se sarai processato e impiccato per delitto e rapina, i giudici annulleranno la registrazione e ordineranno di metterla a nome dei coloni . Non dimenticarlo, così non avrai speranze.

Grazie per un avvertimento così salutare. Ripeto che fino a quando la situazione non cambia e se lo fa io sono il legittimo proprietario di quelle terre e come tale procederò. Gli ostacoli che intendono opporre a me, vedrò come li elimino. E se non hai altro da dirmi, mi ritiro.

"Niente, a meno che tu non guardi quello che stai facendo, per ora non agirai ad occhi chiusi.

Swan si precipitò fuori dall'ufficio, lasciando dietro di sé lo sceriffo e Leslie.

CAPITOLO VII

BIRD FA DICHIARAZIONE

Dopo un momento di silenzio, Leslie ha commentato:

«Non mi piace per niente quest'uomo, sceriffo.

"E nemmeno io.

"Hai precedenti su di lui?

"Nessuno, ma posso chiederlo.

"Penso che faresti bene a farlo. Non so perché sono convinto che ci abbia palesemente mentito su alcune cose.

"In quali?

«Uno, nel negare di sapere che Adam è qualcosa di più intimamente che incontrarlo in alcune bische. Sono sicuro che lo conosci bene e potresti anche sapere dove si trova. Non si comprano cose da un estraneo, proprio così, senza informarsi.

"Quindi, pensi che sappia che la ricerca è stata fatta sulla base di una rapina ...

"Se non lo sai, devi aver sospettato. Forse non sapeva che la rapina era il risultato di un tentativo di omicidio, il che rende le cose più serie.

"E la prova che non si sente al sicuro, è quel telegramma che ci ha steso perché potessimo comprare i terreni per i soldi che ha pagato, lasciando la prateria per lui... Se non avesse avuto quella paura, avrebbe non aver fatto la proposta la prima volta scambio.

"Sospetto anche questo e qualcos'altro. A volte, avere la lingua è molto utile, perché certe frasi possono essere interpretate in molti modi e ad un certo punto costituiscono un cappio intrecciato da uno dei propri.

"Cosa intendi?

"Alla domanda che ha posto ponendole molto interesse su cosa sarebbe successo se Adam si fosse presentato morto senza il tempo di confessare il suo crimine.

"È vero, non ci ero caduto.

"Ecco perché dico che a volte è meglio pensare una cosa, ma valutarne l'importanza prima di dirla. Ha cercato di giustificarlo alludendo al fatto che quel buharro potrebbe morire vittima di un combattimento e un combattimento si prepara con vantaggio a vincere l'azione e sbarazzarsene.

"È vero e se conosce bene Adam e sa dove trovarlo, non ci sarebbe nulla da recriminarlo per la vendita che ha fatto, ma potrebbe consolidarla per sempre, se si sbarazzasse di Adam prima che tu potessi prenderlo. Quindi, il furto non poteva essere provato e il record sarebbe stato fermo per sempre.

"E' proprio quello che stavo pensando e questo mi costringe a prendere misure dure con quel ragazzo. Riceverò rapporti molto specifici su di lui dallo Sterling Sheriff e cercherò di mettere qualcuno dietro di lui che lo tenga d'occhio per ogni evenienza. Se quello che penso è vero e ha escogitato di sbarazzarsi del venditore per troncare ogni possibilità di vedersi confiscare la proprietà di quelle terre, lui stesso ci condurrà dall'uomo che stiamo cercando e chissà se anche risolvendo un conflitto, se ne creerà un altro più pericoloso per lui.

«Quindi, finché lo sceriffo della sterlina mi invia i rapporti che ha o può raccogliere, manderò uno dei miei commissari in città con l'ordine di restare all'ombra di quell'uomo, per vedere se guiderà lui al massimo ci interessa catturarlo.

"Credi che sarà possibile?

"Non lo so, ma bisogna fare qualcosa per ottenerlo.

"Lo dico, perché sto pensando a qualcosa che può essere saggio.

"Parla, ti sono venute in mente alcune cose utili... perché non te ne vengono in mente altre?

"Grazie per il buon concetto che hai di me. Mi riferivo a questo degno di essere preso in considerazione. Adam sa di aver ingannato Swan, o almeno che può metterlo in una brutta situazione, così grave, che lo costringe a denunciarlo. Penso di potervi assicurare che quel Cigno dopo il suo delitto, sarà stato consapevole del destino che la sua vittima potrebbe aver subito, poiché solo uccidendolo totalmente potrà vivere serenamente e quindi, deve essere certo che sarà stato in attesa per sapere cosa è successo con Bird.

"Questo, solo la stampa è stata in grado di dirglielo e non è un'illusione dire che lei era a conoscenza di lei, e che avrà letto come il mio compagno è stato prelevato morente e portato in ospedale. Non sapendo che è morto, sarà costretto a nascondersi, nel caso Bird abbia potuto testimoniare denunciandolo e perché poi Swan saprebbe di essere stato ingannato e può cercarlo per chiedergli conto di ciò che ha fatto con lui. Se possibile, ti chiederei un favore.

"Quale?

"Che pubblichi qui alla stampa, un comunicato molto visibile, in cui si annuncia che il moribondo che è stato trovato nel Callejón de los Sauces, è morto dopo molti giorni di incoscienza, senza poter dichiarare o identificare il suo persona. Questo, che può essere letto da Adamo, lo rassicurerebbe al punto da abbandonare le tenebre e mostrarsi di nuovo nella luce. sicuro che nessuno potrebbe accusarlo del delitto e del furto, e anche lo stesso Swan non avrebbe nulla da rimproverarlo, poiché l'acquisto sarebbe assicurato.

Può essere che la mia idea sia inutile, ma potrebbe anche essere che sia stata una buona esca per costringerlo ad addentarla. Siccome non fa male a nessuno pubblicare la notizia in questo modo, se funziona, ci aiuterebbe a localizzare quel ragazzo, poiché, credendosi libero da ogni pericolo, non esiterebbe a mostrarsi in pubblico come se non avesse fatto nulla.

Lo sceriffo, dopo aver ponderato il suggerimento, disse:

"Penso che abbia ragione. Tutto quello che può succedere è che è inutile, ma provandoci non si perde nulla. Oggi parlerò con il direttore del giornale qui, gli spiegherò cosa voglio e gli chiederò di pubblicare la notizia. Io sono sicuro che lo farà, perché se funziona, sarebbe un buon resoconto per lui in una data più o meno lontana.

"Grazie, e siccome al momento non credo si possa fare di più, vi lascio, anche se verrò a trovarvi per vedere che novità potete darvi.

"Ho intenzione di restare ancora quattro o cinque giorni, per vedere se in quel momento nasce qualcosa che chiarisca la situazione e se così non fosse, tornerò in paese per riferire ai miei compagni, ma con la ferma intenzione di tornare di nuovo qui e non muoverti finché tutto non è risolto o perdiamo la speranza di ottenerlo.

Il mio viaggio servirà a mettere in guardia i miei compagni affinché non si sorprendano da Swan se si presenta lì e cerca di convincerli a comprare i suoi terreni, anche a basso prezzo. Al momento non potevano, perché non abbiamo soldi e i nostri raccolti sono immagazzinati senza venderli ancora, ma forse stava cercando qualche trucco per dar loro la caccia.

E se viene presentato con persone disposte a imporsi dai coraggiosi, sono pronti a rispondere con lo stesso tono.

"D'accordo. Ora vado al giornale e presento il mio rapporto in modo che il mio commissario possa portarlo a Sterling e consegnarlo allo sceriffo. Spero che sul campo ottengano qualcosa di più che a distanza.

Leslie salutò lo sceriffo con una forte stretta di mano e tornò alla locanda.

Ora non si sentiva pessimista come prima. Lo status di Bird sembrava promettente e tutto ciò che veniva scoperto sembrava essere un solido piedistallo su cui basare le azioni future, che li avrebbero portati al successo che desideravano. Ciò che lo addolorava di più era stare lontano da Margaret e pensare all'angoscia che avrebbe potuto soffrire per aver ignorato dove si trovasse e cosa le sarebbe potuto succedere, ma gli eventi lo richiedevano e lui non poteva tornare indietro dalla gestione che era iniziata.

Il giorno dopo, come aveva promesso lo sceriffo, il giornale locale pubblicò in un luogo ben visibile e con caratteri sorprendenti, la notizia della morte di Bird. Nel testo è stato sottolineato che non era stato in grado di rilasciare alcuna dichiarazione quindi non era noto chi fosse e chi avrebbe potuto ucciderlo.

Quella era l'esca stesa per vedere se qualcuno avrebbe abboccato.

Adam era il pesce che speravano di catturare con l'amo falso, poiché se avesse letto alla leggera, si sarebbe considerato completamente al sicuro e senza alcuna responsabilità.

Il commissario dello sceriffo uscì per compiere la sua missione e il giorno dopo arrivarono i primi rapporti sulla personalità di Swan.

Secondo lo sceriffo, era elencato come commerciante di bestiame, ma c'erano dubbi sulla sua onestà come commerciante. I suoi affari si svolgevano fuori città, quindi lo sceriffo non sapeva come operare, ma ha sottolineato che in un'occasione è stato intervenuto da una discarica di bestiame rubato. Si era coperto mostrando una ricevuta, che indicava un allevatore come venditore, anche se in seguito si era scoperto che la ricevuta era stata falsificata.

Swan era sfuggito a un grave disgusto, sostenendo di aver acquistato il bestiame in buona fede, credendo che la vendita fosse stata effettuata dal caposquadra, che gli aveva dato la ricevuta. Non è stato possibile localizzare il falso caposquadra e la questione è stata lasciata morta.

Swan aveva una squadra di una mezza dozzina di uomini che si occupavano di guidare il bestiame, ma nessuno di loro era del villaggio, quindi non c'era niente che potesse dire su quella squadra.

Questo ha solo aumentato i timori dello sceriffo riguardo allo spacciatore. Era sempre più convinto di aver acquistato il terreno sapendo che la vendita non era legale, sebbene non avesse sospettato che la faccenda fosse in uno stato così disordinato e pericoloso.

Due giorni dopo ricevette un nuovo rapporto. Swan aveva lasciato il villaggio insieme ad altri due uomini che avrebbero dovuto essere membri della sua squadra, ma la direzione che aveva preso era sconosciuta.

Poiché lo sceriffo aveva ordinato al suo sceriffo di seguirlo, era sicuro di non perdere le tracce e di potergli inviare qualche rapporto più utile.

Per altri quattro giorni la situazione non cambiò e Leslie, già nervoso, volendo rivedersi nei suoi campi, anche se solo per un paio di giorni, fece visita allo sceriffo per comunicare la sua intenzione di partire, ma con l'idea di tornando non appena informò i suoi compagni di tutto quello che era successo.

"Parto domani mattina", disse, "ma prima di partire vorrei fare una visita a Bird per vedere come sta e confido che, se riprenderà conoscenza in mia assenza, ti prenderai cura di lui e dirai lui tutto, che cosa abbiamo fatto, avvertilo che devo tornare tra dieci o dodici giorni e che rimarrò qui finché non starà bene e potrà iniziare il viaggio per Abilene.

"Non preoccuparti, farò in modo che tu sia ben informato e ben curato.

Quando visitarono l'ospedale a metà pomeriggio, Leslie fu piacevolmente sorpresa. Secondo il medico, il paziente aveva cominciato a dare segni di vita quella mattina e per due volte era vagamente consapevole di ciò che lo circondava. Il dottore era fiducioso che se avesse continuato così avrebbe potuto rilasciare una dichiarazione il giorno successivo, anche se di breve durata.

Ciò ha costretto Leslie a ritardare la sua partenza di un altro giorno. Se Bird avesse parlato, il giorno dopo avrebbe potuto partire pienamente informato dell'accaduto.

E con divorante impazienza lasciò passare le ore del giorno dopo, fino al tardo pomeriggio, quando lui e lo sceriffo tornarono in ospedale.

Di nuovo il medico che assiste Bird li salutò dicendo:

"Ha reagito abbastanza bene e coordina le sue parole. Mi ha fatto diverse domande alle quali mi sono rifiutato di rispondere, per non stancarlo. Ti ho detto che stasera ti avrei dato il permesso di parlare, ma molto poco.

Li condusse nella stanza dove si trovava il ferito. Aveva un aspetto migliore, perché qualcuno gli aveva rasato la barba arruffata che gli copriva il viso. Era diventato magro e i suoi occhi erano molto luminosi, ma mostrava il coraggio della sua umanità dura come la roccia.

Sentendo dei passi nella stanza, girò la testa e riconoscendo il suo compagno di esilio, mormorò:

"Leslie!... Tu... qui...!

Si avvicinò, le prese la mano sudata e con un accento che voleva essere fermo ma tremava, disse:

"Ascoltami, Bird, sì, sono io e sono qui come vedrai, ma ti chiederò una cosa. Il medico ci ha autorizzato a vederlo e parlargli, poiché è essenziale che sappiamo qualcosa di quello che gli è successo, ma prima che ce lo racconti, dovrà ascoltarmi per dirgli come sono qui e cosa ha è successo da quando sei caduto ferito fino ad ora. La mia storia ti eviterà di fare domande noiose e ti limiterà solo a darci un resoconto dell'accaduto. Perciò ascoltami e non parlare.

Leslie gli ha dato un resoconto dettagliato di tutta la sua odissea da quando ha deciso di lasciare la cittadina per andare da Hitchinson a scoprire cosa gli fosse successo, e poi tutti i passi compiuti fino a quel momento.

Il maleducato ex caravanista ha fatto enormi sforzi per parlare e per reprimere la rabbia che lo dominava e in due occasioni quando ha cercato di parlare, il medico che lo ha assistito ha interrotto il suo gesto dicendo:

«Non parlare ancora, o mi costringerai a mandare questi signori fuori di qui. Il suo stato non consente ancora certe libertà.

Quando Leslie finì la sua storia, il vecchio con voce rauca:

"Grazie Leslie, sei molto brava e non pagherò mai...

"Smettila di usare parole inutili e racconta cosa è successo, ma nel modo più sintetico possibile.

Bird ha raccontato come aveva trovato Adam e come si erano salutati dopo anni che non si vedevano. Ha confessato con rabbia che forse per aver bevuto un paio di whisky con Adam, la sua lingua aveva parlato più del necessario e come quella sera, dopo aver cenato insieme mentre attraversavano il vicolo sulla strada per la locanda, si era sentito ferito e perso coscienza. senza poi sapere altro.

Solo quando aveva ripreso conoscenza la sua immaginazione aveva lavorato per cercare la ragione di questo attacco inaspettato e aveva sospettato la verità. Adam ha cercato di assassinarlo per rubare tutti i documenti e perquisire la terra in nome di un altro.

Lo sceriffo lo costrinse al silenzio, dicendo:

"Beh, non parlare più e rispondi solo a qualche domanda. Adam ti ha detto che lavorava per un commerciante di bestiame, non ha detto il nome del commerciante?

"Non lo disse, né mi interessava:

"Beh, sospetto che abbia lavorato per Swan e facesse parte della sua squadra. Questo sta risolvendo alcuni punti oscuri e Swan sarà molto compromesso per uscire dalla trance a pieni voti.

"Ora sono convinto che lavorasse per quel ragazzo e che le sue attività non fossero molto legali. Pertanto, poiché lavorava per lui, si offrì di vendere il registro, sapendo che si esponeva a molte cose gravi se cercava di sfruttare il ricavato del furto.

"Contatteremo nuovamente Swan per costringerlo ad allentare la lingua. Deve sapere molto su Adam e deve dircelo.

“Al momento, non devi preoccuparti o tormentarti pensando a quello che è successo. Speriamo di chiarire le cose in modo che questo record venga annullato e diventi di tua proprietà come è giusto.

Bird prese la mano dello sceriffo e mormorò:

"Prendilo per quello che vuoi di più, sceriffo, perché se non lo ottieni e i miei colleghi perdono la loro terra a causa della mia stupidità, questa vita che i medici hanno insistito per attaccarmi al corpo, non mi servirebbe e io stesso lo strapperei come punizione per il mio errore.

“Non essere pessimista e calmati. Ripeto che le cose sono per il verso giusto e che prima o poi tutto si risolverà.

"Così sia, Bird" dichiarò Leslie. E non fare cose stupide. Parto domani per informare i miei colleghi di quello che sta succedendo, ma appena saranno informati, tornerò, non potrete uscire di qui per quindici o venti giorni e confidiamo che per allora tutto sarà risolto e tornerai con me senza preoccupazioni.

“Possa Dio così piacere, e non per me, ma per te.

Leslie e lo sceriffo salutarono il ferito, e per strada il secondo disse:

“Credo che, in effetti, dovresti tornare alle tue terre e lasciare questo nelle mie mani. Swan è ben legato e mi prenderò cura di legarlo meglio. Tutto sarà in attesa che Adam si trovi e io sposterò il cielo e la terra in modo che possano trovarlo da qualche parte.

Leslie lo ringraziò per l'interesse che stava mettendo in questa faccenda e si preparò a partire il giorno successivo. Non vedeva l'ora di arrivarci per tornarci e per non perdere le tracce di quella coppia di mascalzoni che si erano proposti di rovinarli.

CAPITOLO VIII

UN TENTATIVO FALLITO

Ad Abilene regnava ancora la preoccupazione e non per Leslie il cui ritorno non era ancora previsto, ma per quello che sarebbe potuto succedere a Bird e per l'ignoto coinvolto nel non sapere se le loro terre fossero state debitamente registrate o meno.

Fino a cinque cavalieri, che vi si fermavano contemplando il panorama e facendo segni con le mani come se progettassero di insediarvi un nuovo colono.

Il terzo membro del comitato incaricato di dirimere eventuali questioni che potessero sorgere tra di loro era allarmato e poiché era anche un uomo duro e violento, decise di uscire per incontrare i nuovi arrivati, per chiedere loro cosa ci facessero lì e cosa stessero erano fino a.

Il quintetto era composto dallo stesso Swan e da quattro pedine della sua squadra. Il mercante aveva deciso di non arrendersi e, disdegnando gli avvertimenti dello sceriffo, si era messo a prendere possesso del terreno ea sondare gli animi dei coloni.

Ha cercato di intimidirli e, più tardi, di temporeggiare e strappare loro i contratti di locazione quando erano convinti di aver perso il diritto di considerarlo come loro. Doveva manovrare velocemente prima che Leslie tornasse, sapendo che era ancora nel villaggio quando se n'era andato.

Il colono di nome Martyn Dickson, si fece avanti e dopo averli salutati freddamente, chiese:

"Mi dici per favore cosa ci fai qui?

"Perché no?" Chiese Swan sorridendo." Stiamo studiando il terreno per decidere dove costruire il mio ranch.

«Temo che abbiate commesso un errore, signori. Questo non è terreno libero, ma piuttosto il contrario. Appartiene alla nostra comunità di coloni e il ranch che presto sorgerà qui sarà di nostra proprietà.

"Temo che si sbagli, signore", rispose Swan freddamente. Questa terra e tutto ciò che possiedi sono di mia proprietà. L'ho comprato tre settimane fa dal legittimo proprietario, secondo il catasto di Hutchinson, ed è mio. In caso di dubbi, porto con me i documenti che mi certificano come proprietario assoluto di tutto questo e sebbene intenda stabilire qui un ranch per il mio bestiame, non intendo cacciarli da qui, se acconsentono a noi concordando con la firma di contratti di locazione. Mi piace vivere in pace con le persone, ma mi piace anche ottenere il prodotto giusto dalla mia proprietà.

Il colono, che lo aveva ascoltato con la bocca aperta e uno strano tremore in tutto il corpo, balbettava:

“Cosa... cosa... dice? Cos'è... questo è tuo?

“L'ho detto e porto la documentazione che lo dimostra. L'ho comprato da chi lo aveva regolarmente intestato a suo nome e posso mostrarvi i documenti in modo che non ci siano dubbi.

Il colono rimase sbalordito per un momento. Il suo primo sospetto fu che Bird li avesse traditi, registrando tutto a suo nome, per venderlo e fuggire con i proventi del saccheggio. Questo giustificava che non avevano più avuto sue notizie e che, invece di subire un incidente, ciò che aveva fatto era qualcosa di indicibile.

Ma rifiutandosi di ammetterlo, esclamò:

"Cosa dice? Quale Victor Bird ha registrato questo a tuo nome e poi te lo ha venduto?

"Victor Bird? Non so chi sia quell'uomo. Il record è stato verificato da un certo Adam Greene, che è stato colui che me lo ha trasferito.

Martyn sospirò con un certo sollievo, quando si rese conto che il suo compagno non era stato un traditore, e con energia, rispose:

“Mi scusi se dico che non ammettiamo che questa sia di sua proprietà. Il verbale deve essere stato verificato dal nostro collega Bird, che è stato quello che è partito da qui con la documentazione precisa e ci deve essere un malinteso da parte tua.

“Da parte mia non ci sono equivoci, signore, ecco il registro e il luogo designato. Tutto ciò che fa parte di questa piccola valle, comprese le parcelle e il paese chiamato Abilene, è incluso nel foglio di registrazione. Puoi verificarlo tu stesso.

E tirando fuori dalla tasca una cartella con vari fogli, gliela porse dicendo:

“Vedili e poi dimmi se pensi che ci sia confusione.

Il colono, senza lasciare il suo stupore, prese le carte e le esaminò. Non ci sarebbe stata confusione, poiché c'era un piccolo piano e i confini delle trame.

Restituendo la cartella, ha risposto:

«Avrà ragione, signore, ma penso che sia stato derubato. Questo è molto nostro e non siamo disposti a permettere a nessuno di venire a prendercelo dopo che abbiamo sudato sangue su queste terre abbandonate.

"Sarà come si dice, ma in due anni hanno avuto il tempo di registrarli. Se qualcuno era a conoscenza di tale abbandono e lo ha registrato a suo nome, è colpa tua. So solo che l'ho acquisito legalmente, come mostra questo documento e il resto non mi interessa.

"Ti offro la possibilità di giungere a un accordo benefico senza voltarti indietro, ma rispettando il presente, se lo rifiuti, peggio per te perché poi mi costringerai a ricorrere ad altri mezzi meno amichevoli per difendere ciò che è mio.

"Faremo appello anche a quei media per difendere ciò che è più nostro che loro, anche se la pensano diversamente.

"Mi stai sfidando? chiese Swan aggressivamente.

"Ci sfidi che non è la stessa cosa. Qui ci siamo inchiodati due anni fa e qui resteranno inchiodati finché avremo il coraggio di difenderlo. Solo con i piedi in avanti possono farci uscire da quei campi.

"E questa è la mia opinione, posso dirti che sarà quella del resto dei miei compagni di squadra. Ti darò un resoconto della sua pretesa, ma sospetto che abbia pochissime possibilità di stabilirsi su questa terra un solo bestiame , non un singolo registro per costruire quel ranch.

"Lo vedremo. Ho la forza legale per farlo.

"Abbiamo un'altra forza più rapida.

"Credi che non possa averlo?

"Non lo so, ma questo si vedrà a tempo debito. Perciò, se vuoi evitare di versare sangue inutilmente, esci di qui e non ci sarà combattimento.

"So anche come tenere i talloni per terra quando decido di inchiodarli forte.

"Beh... ecco a voi le conseguenze.

E voltandosi, si allontanò dai campi, per informare i suoi compagni delle affermazioni di Swan.

Era furioso per l'atteggiamento energico e aggressivo del colono. Se i suoi compagni prendessero lo stesso cattivo atteggiamento, potrebbe compiere la sua spavalderia di non abbandonare questo, quando con quel piccolo pugno di uomini non potrebbe affrontare un centinaio di coloni inferociti.

Martyn si è affrettato a spargere la voce in modo che tutti si radunassero immediatamente nella piazza del paese. L'incontro era di natura urgente e non si poteva perdere un solo minuto.

Margaret, comprendendo se stessa, corse in cerca di Martyn chiedendo:

"Cosa sta succedendo? Cosa vogliono questi uomini?

Il colono le diede un breve resoconto del caso, mentre i coloni stavano arrivando e la giovane donna tesa, esclamò:

«Com'è possibile, Martyn? Se le nostre terre sono state registrate a nome di un altro, bisogna ammettere che è stato perché Bird è stato ucciso e i suoi documenti sono stati rubati. Bird era un uomo integro, incapace di commettere un simile tradimento.

"Questo è quello che penso, ma sia come sia, le terre sono state registrate a nome di qualcun altro e vendute a quel tizio. Dev'essere stato così, Margaret.

"Ma... come ha fatto Leslie a non averlo scoperto ed è già venuta a scoprirlo in modo da sapere cosa è successo?

"Non lo so, ma... devi avere fiducia che non sarà inattivo e che lavorerà per chiarire il caso. Leslie è un uomo piuttosto e saprà come procedere in base alle circostanze.

"Ho sempre creduto così, ma... se non si può fare nulla per evitare questa espropriazione, cosa possiamo fare noi per difendere quella che è la nostra vita?

"C'è solo un modo; difenderlo con le armi in pugno.

"Sì, ma contro la legge, anche se questa legge non è quella legale.

"Ci esporremo. Tra morire abbandonati nel prato, o con le armi in pugno, è preferibile il secondo.

"Quell'uomo farà appello alle autorità. Ti proteggono.

"La legge è molto lontana da qui e non uno o due sceriffi porterebbero a termine nulla. Dubito che possa mandare una squadra di cavalleria per spararci fuori di qui.

È un peccato ciò che accade, ma dobbiamo armarci di coraggio e affrontare ogni saccheggio. Tra non molto Leslie tornerà e ci informerà in modo esauriente e ci dirà cosa fare.

"Pensi che... che... ritornerà? Ha chiesto, sconvolta.

Perché non dovrebbe?

«E se... gli avessero preparato una trappola, come avrebbero potuto prepararla per Bird?

"Leslie è stato avvertito e non è un vecchio sicuro di sé come Bird, ma un uomo eccessivamente intelligente. Non ho timori per la sua vita.

"Che Dio ti ascolti è quello che ti chiedo.

Martyn si è separato dalla giovane donna per raggiungere il resto dei coloni nella piazza. Avevano tutti intuito che stava succedendo qualcosa di grave, quando erano stati convocati con tanta urgenza.

Martyn li informò brevemente del motivo della presenza di questi uomini nella prateria e dei diritti che rivendicava di possedere le loro terre.

Il clamore che la notizia del prodotto era enorme. Tutti alzarono le braccia al cielo con i pugni chiusi e giurarono che solo senza vita sarebbero stati strappati da lì. Quando il colono ha finito di spiegare cosa stava succedendo, qualcuno ha chiesto:

"Come è potuto succedere? Cosa sta facendo Leslie che non è già qui per informarci?

"Quando non sarà venuto, avranno le sue ragioni. La nostra missione non è capire le rivendicazioni di queste persone e aspettare il loro ritorno per imparare molte cose che ignoriamo, ma ciò che è urgente è non permettere a queste persone di impossessarsi della prateria, ti propongo di prendere le tue armi e tutto di noi insieme presentiamoci lì per invitarli a scomparire.

E se si rifiutano?

"Allora, peggio per loro; Gli spareremo.

Nessuno si rifiutò di seguire le indicazioni di Martyn e, richiedendo le loro armi, lasciarono il villaggio per dirigersi verso la prateria.

Quando Swan notò l'atteggiamento determinato dei coloni, sentì un brivido di paura. Cento uomini armati erano troppi da affrontare, soprattutto quando erano sotto l'effetto della sorpresa e della rabbia.

"Attento! "Ha avvertito. "Non lasciare che nessuno si innervosisca e spari se non ci provano. Fammi parlare.

Il gruppo di coloni avanzava brandendo revolver o fucili. Erano vigili nel caso fossero stati catturati dagli spari. Quando il gruppo compatto si trovò a venti passi da Cigno, che era avanzato un poco con i suoi pedoni dietro di sé, anche questi con le rivoltelle armate, gridò:

"Non essere pazzo e metti giù quelle armi! La forza non è la ragione e in qualsiasi momento possono subire le conseguenze di lasciar saltare i nervi.

"Sono venuto in pace e con il desiderio di raggiungere un accordo con te. Non è fotografando come si aggiustano certe cose.

Martyn rispose con indifferenza:

"Ci ha già spiegato le sue ragioni e io ho spiegato le nostre. C'è solo una soluzione; O lasciano queste terre entro cinque minuti, o li abbatteremo e non daremo loro una nuova possibilità di tornare.

"Pensi di avanzare qualcosa con quello? Posso tornare dalle autorità per costringerli a lasciare i loro appezzamenti e se mi costringono a farlo, allora non ci sarà alcun accordo. Sarò crudele e non ne permetterò uno solo sistemarsi Penso che sia meglio essere d'accordo che combattere.

Ma Martyn ha risposto energicamente:

"Non c'è patto che valga la pena. O se ne vanno o gli ordino di sparare. Deciditi subito.

Il momento è stato terribilmente tragico. I coloni sembravano pronti a eseguire l'ordine di chi li comandava e tutti si resero conto che era una follia suicida accettare la lotta.

Ma per Swan, questa era un'umiliazione che faceva fatica ad accettare. Primo, per la parte morale e secondo, perché temeva che, se fosse stato costretto ad assentarsi nella prateria, le cose potessero andar male per lui e se Adamo fosse stato scoperto, avrebbe finito per confessare certe cose che avrebbero invalidato quella proprietà contestata record, facendogli perdere i diecimila dollari che aveva pagato.

Ma per ora, la forza bruta era dalla parte dei coloni e nulla poteva contro di essa.

Rabita ha risposto:

"Ok, hai voluto così e così sarà. Un giorno, non lontano, verrò con la forza necessaria per imporre i miei diritti e quel giorno si renderanno conto di quanto siano stati pazzi a non accettare le mie proposte. Quando hai qualcosa che non è legalmente tuo, prima o poi te ne sei spogliato.

«È passato mezzo minuto, signore. Se perde l'altro medium sprecando verbosità, ci costringe a sparare. Pensaci su

Stavo pensando e Swan rivolgendosi ai suoi uomini disse:

"Andiamo, ma lascia che pensino che non lo facciamo per sempre. Ci sentirete presto.

Il gruppo tirò le briglie dei cavalli e girò le anche, lasciando il prato.

I coloni avevano vinto la prima scaramuccia, ma questo non significava molto. Si resero conto che stavano affrontando la Legge e che questo era molto pericoloso se il trafficante si appellava a tutte le risorse che lo favorivano, per concludere scacciando tutti dalle loro trame con le buone o con le cattive.

Ma erano testardi e disperati. Difesero la madre terra, quella che era loro, quella che avevano innaffiato con il sudore della fronte, e non poterono cedere senza lottare il frutto di quel tremendo sforzo compiuto.

Il giorno dopo, Leslie, terminata la prima parte del suo lavoro a Hitchinson, tornò al villaggio ansiosa di arrivare al più presto per informare le sue compagne della notizia che era giunta e per rassicurarle sulla sua persona.

Lo fece a cavallo, come era andata, perché il carro la lasciò in città per quando sarebbe potuta tornare e portare Bird ancora convalescente.

Era a più di trenta miglia dalla città camminando lungo una strada deserta, quando in lontananza e cavalcando nella direzione opposta, scoprì un gruppo di cavalieri che sembrava seguire la via di Hitchinson.

Il colono è stato sorpreso dalla scoperta. Questa linea retta per Abilene non era frequentata e la presenza dei cavalieri non lo impressionò.

Tornerebbero dal loro villaggio? Erano andati lì con l'intenzione di commettere saccheggi? Potrebbe essere una piccola banda di briganti e, in tal caso, non sarebbe conveniente che venisse scoperto, poiché il minimo che potesse accadere era che lo attaccassero e gli rubassero la cavalcatura.

E se ciò accadeva, trenta miglia a piedi erano molte miglia da percorrere al meglio.

Avrebbe trovato un posto dove nascondersi e avrebbe cercato di intravedere i cavalieri.

Si voltò velocemente alla sua sinistra, cercando protezione da alcuni massi che si alzavano fin quasi al bordo del sentiero. Erano abbastanza grandi da nascondere lui e il suo cavallo.

Ma nonostante la rapidità con cui eseguì la manovra, non poté impedire a uno dei cavalieri di scoprirlo quando si nascondeva di fretta.

Il cavaliere rivolgendosi a Swan esclamò:

"Capo, un cavaliere stava arrivando laggiù e si è nascosto dietro quel conglomerato di pietre. Pensi che potrebbe essere un ladro solitario che cerca di attaccarci di sorpresa?

"Hai notato il cavallo? chiese all'improvviso.

"Sì, anche se non molto bene. È di colore viola e ha una buona altezza.

Swan sorrise in modo strano. Aveva appena pensato a Leslie, il cui cavallo aveva visto alle porte dell'ufficio dello sceriffo e giudicandolo un tipo pericoloso, aveva nascosto che stava tornando alle sue terre per rendere conto ai suoi compagni delle misure prese dallo sceriffo, per invalidare il suo diritto di disporre di ciò che è stato acquisito con tali cattive arti.

E se lo lasciava arrivare, allora poteva dire addio all'intimidazione dei coloni ed estorcere falsamente una parte più o meno grande del denaro che aveva pagato ad Adam e che era destinato a perdere.

E doveva evitarlo. Nessuno sapeva (o almeno ci credeva) che in quel momento stava visitando i coloni; Pertanto, se in seguito fosse stato fatto un falso taglio e questo potesse essere corroborato dai loro operai, allora avrebbe lasciato i coloni nell'ignoranza di ciò che era accaduto e avrebbe potuto continuare a minacciarli.

Doveva sopprimere Leslie. Più tardi, quando il suo cadavere fu trovato così lontano da Hitchinson, come in quelle terre ancora semidesolate, non c'era nessuna autorità vicina, che scoprissero chi lo aveva ucciso.

E rivolgendosi a colui che aveva dato l'allarme, disse:

"Non è un ladro, ma per me è qualcosa di peggio. Ho bisogno di eliminarlo se voglio godermi la tranquillità di stabilirmi in quel prato dove possiamo nascondere impunemente il bestiame; Mi aiuterai a liquidarlo. Ho cento dollari per ognuno se ce la facciamo.

"Cosa c'è da fare?

"Per ora continua a camminare piano, come se non ti avessimo visto.

Quando arriviamo agli scogli, voi due andate avanti, superandoli, mentre noi tre restiamo indietro e quando io fischio, alcuni alla sua destra e altri alla sua sinistra, lo circondiamo e gli spariamo. Devi credere che non ti abbiamo scoperto e quando realizzerai il tuo errore, sarà tardi.

"Ma in previsione di un imprevisto, metti la tesa del tuo cappello ben sugli occhi, in modo che non sia facile per lui riconoscerci. Devi curare tutti i dettagli.

Dopo aver preso le precauzioni imposte dal trafficante, hanno continuato ad avanzare, guardando di traverso le scogliere nel caso in cui scoprissero il colono che li perseguitava.

Leslie, dopo essersi nascosta tra le rocce, nascose il suo cavallo tra due blocchi di pietra e siccome da lì non poteva vedere il sentiero, decise di arrampicarsi su un altro blocco di pietre, dalla cui altezza sarebbe stato possibile tenere d'occhio il misterioso gruppo .

Quell'ispirazione gli avrebbe salvato la vita senza rendersene conto.

Raggiunse le pietre e nascosto da uno di loro, poté, sbirciando con discrezione da uno dei loro lati, seguire l'avanzata dei cavalieri.

E quando furono abbastanza vicini, non smise di osservare che portavano le falde dei loro cappelli molto basse e ancor più che, mentre continuavano ad avanzare, le avevano tirate per abbassarle al limite.

E questo lo mise più in guardia. Il dettaglio, dove nessuno camminava per vederli, gli fece capire che c'era un motivo potente per quella manovra e il motivo era che lo avevano scoperto e volevano passare privandolo di poter vedere i loro volti.

Nonostante tale precauzione, uno dei cinque attirò la sua attenzione. Non riusciva a vedere la sua faccia, ma dalla sua sagoma credeva di riconoscere l'astuto Cigno.

E poiché sapeva che era scomparsa da Sterling poco prima di partire per il viaggio di ritorno, non ci volle molto per intuire che il motivo della sua assenza era stato quello di presentarsi ad Abilene per costringere i suoi compagni e chi lui conosceva a costringerli a. firmare qualche documento che li compromettesse, in cambio di certe false promesse di facili affitti.

Il suo primo impulso fu di aspettare che fossero a portata di tiro per sparare al machiavellico machiavellico, ma si trattenne. Ci è voluta molta fortuna per combattere cinque e uscire vittoriosi. Avrebbe dovuto lasciarli passare ignorandoli e marciare velocemente verso il villaggio, per scoprire cosa fosse venuto a fare il suo nemico in esso.

Li stava seguendo attentamente con lo sguardo di un'aquila e il puledro in mano, quando improvvisamente, vide come i primi due giravano il corso delle loro cavalcature cercando di raggiungere le rocce alla loro sinistra, mentre gli altri lo facevano a destra .

E ha capito la manovra. Lo avevano visto nascondersi e stavano cercando di rinchiuderlo in un cerchio di rivoltelle. E non ha esitato un solo istante. La sua Colt ha cercato quello che credeva essere Swan e gli ha sparato. Ha sbagliato il tiro, mancandolo perché una delle sue pedine si era incrociata davanti al mazziere quando ha sparato e il proiettile aveva raggiunto un bersaglio diverso da quello proposto. Il pedone, ben colpito, cadde bruscamente da cavallo, mentre gli altri, rendendosi conto che non c'era spazio per la sorpresa, si precipitarono a sparare contro l'altezza dove Leslie aveva teso un'imboscata.

Ma per il colono assediato c'era una pericolosa difficoltà, ed era che non poteva occuparsi di due fronti contemporaneamente. Dopo il suo colpo di sorpresa e la caduta del pedone, gli altri quattro avevano rapidamente separato i loro cavalli dalle vicinanze delle rocce e sparavano a distanza da entrambi i lati. Leslie ondeggiò avanti e indietro cercando di tenere traccia dei due gruppi. Una svista potrebbe rendere più facile ad alcuni di loro avvicinarsi e dargli la caccia, poiché la protezione della roccia non bastava più che offrirgli un parapetto frontale.

Il colono si difendeva dall'assedio con energia e talvolta sparando a sinistra e altre a destra, sembrava incutere rispetto per gli assedianti, che non osavano avvicinarsi troppo per paura di subire la sorte del loro compagno.

Leslie ha esaurito la carica della sua rivoltella ed è stato costretto a sprecare il prezioso tempo necessario per rimettere nella canna una mezza dozzina di colpi; l'astuto Cigno, che sembrava aspettare quella pausa in difesa, quando Leslie smise di sparare per ricaricare l'arma, avanzò con il suo cavallo cercando il punto debole da cui attaccarlo.

Ed è stato proprio nel momento in cui il colono con la Colt in condizione di continuare a sparare mentre sbirciava dal lato dove era avanzato il dealer, emise un acuto grido di dolore e lasciò cadere il revolver che, staccandosi dalla sua mano, cadde rimbalzando con un rumore metallico mentre colpiva i massi.

Swan lo aveva colpito al braccio destro e, a causa della contrazione, aveva perso il revolver. In quel momento era alla mercé dei suoi nemici, che sembravano pronti a finirlo.

Swan, rendendosi conto del suo successo, gridò:

"È nostro, ragazzi! Hai perso la Colt!

I quattro si stavano preparando a concentrare il fuoco sull'infelice colono, quando improvvisamente due fragorose detonazioni, prodotte non da una Colt, ma da un fucile, vibrarono e il galoppo di un cavallo in avvicinamento fu catturato.

Swan si rese conto del pericolo in cui si trovavano. I loro revolver non potevano competere nel raggio d'azione con un'arma di quel calibro, e chiunque fosse venuto in aiuto di Leslie poteva sparare loro in sicurezza.

E furioso, gridò:

"Galoppate tutti, non fateci sorpassare o siamo morti!

E il quartetto, abbandonato l'assedio, intraprese uno strepitoso galoppo, inseguito dal fucile della misteriosa apparizione, ma fortunatamente per loro, la mobilità dei cavalli impediva loro di colpire qualcuno di loro.

Il cavaliere esitò un momento tra continuare la caccia o fermarsi. Supponeva che avessero sparato a qualcuno nascosto tra le rocce e temeva di essere stato colpito.

CAPITOLO IX

RIDURRE LA RECINZIONE

Quello che apparve prima di avvicinarsi agli scogli e in attesa di essere aggredito se fosse stato scambiato per uno dei fuggiaschi, gridò:

"Chi c'è? Tira fuori chiunque sia senza paura. Sono uno dei vicesceriffo di Hitchinson.

Leslie; Sentendolo, respirò con sollievo e sbirciando da dietro la roccia mentre cercava di contenere il sangue che sgorgava dalla ferita, rispose:

"Sto arrivando, Commissario... Aspetti un po'.

Si fece strada verso il basso fino a raggiungere la parte completa, presentandosi davanti al commissario. Questo, riconoscendolo, esclamò:

"Come va?

"Mi conosci vero? Sono io quello che ha sporto denuncia per violazione di domicilio al tuo sceriffo.

«Certo che lo conosco, e sono io quello che ha individuato lo sceriffo in modo che non perdesse di vista Swan.

"Quindi, non mi sono ingannato nell'assumere che uno di quelli che componevano il gruppo fosse quel ruffiano.

"No, non ti lasci ingannare, ma cos'è? Sei stato ferito?

"Sì, anche se non credo sia importante. Hanno approfittato del momento in cui avevo bisogno di ricaricare il revolver per venire su e spararmi. L'hanno fatto con tale fortuna che, quando mi hanno ferito al braccio, ho perso la rivoltella e se tu non fossi arrivato così in tempo, mi avrebbero finito.

"Perché?

"Forse perché sono stato quello che ha scoperto tutte le falsità e che è stato più determinato a impedire che si compisse questo saccheggio.

"Bene, vieni a vedere quella ferita.

La aiutò a togliere il braccio dalla manica della giacca e la esaminò attentamente.

«Non sembra serio, come dici tu. Un morso del proiettile più spettacolare che inquietante. Hai un fazzoletto?

"Ne ho due.

"Legheremo saldamente l'arto ferito, che è tutto ciò che possiamo fare al momento e suppongo che sarà in grado di resistere bene fino a quando non raggiungeremo il villaggio.

"Lo spero anch'io. Cosa farai?

"Il mio dovere non era distaccarmi da quel ragazzo, ma nel caso avessi bisogno di aiuto immediato, ti ho lasciato scappare. Doveva scegliere tra i due.

E lo apprezzo. E poiché non è più facile per lui continuare a cacciare, lo invito a venire con me al villaggio. Lì spiegheremo tutto quello che è successo e subito che guarirò, torneremo ad intraprendere il ritorno a Hitchinson. Ora non possiamo davvero fermarci e lasciare che le cose prendano voli più grandi.

Il commissario, dopo un momento di meditazione, rispose:

"Accetto il tuo invito, più che altro perché ho esaurito le scorte che avevo nella mia borsa da viaggio e ho bisogno di rifornirle per tornare.

"In tal caso, non perdiamo tempo e mettiamoci in viaggio. Spero che la ferita non mi impedisca di galoppare e nel frattempo mi spiegherai cosa è successo.

Montarono a cavallo dopo aver raccolto la rivoltella di Leslie, ma già in sella il commissario disse:

"Un attimo. Non possiamo dimenticare che uno dei suoi aggressori è morto. Vado a frugare tra i suoi vestiti per cercare di identificarlo e poi lo lascerò mezzo nascosto tra le rocce tra le rocce.

Ha preso i suoi revolver e il suo cavallo. L'avrebbe portato al villaggio e poi a Hitchinson.

Quando risalì in sella, si fermò accanto a Leslie e si avviarono.

"Sei molto turbato? "Chiedo.

"No, fa male ovviamente, ma può essere sopportato. Più che pensare al dolore, vorrei che mi raccontassi cosa è successo.

"Non molto tempo, ho seguito a distanza Swan, che è stato raggiunto da altri quattro uomini, tra Sterling e Hitchinson, è stato difficile per me poterli seguire fino al villaggio senza essere scoperto. Già lì, e nascosto nella depressione che chiude la piccola valle, ho potuto osservare come uno dei suoi compagni è uscito loro incontro e stava parlando con Swan. Non so cosa direbbero, ma so che il suo compagno si è ritirato per tornare più tardi accompagnato da tutti i coloni che si sono presentati armati fino ai denti. Ci fu una discussione violenta, ma il quintetto, minacciato da tante armi, decise di lasciare il prato e tornare di nuovo.

Li seguivo da lontano, quando ho colto la manovra fatta per aggirare le falesie e poi il rombo delle armi. Non immaginavo fossi tu, ma chiunque tu fossi era obbligato a intervenire e interviene. Sono arrivato puntuale, perché se avessi trascurato qualche minuto non avrei potuto raccogliere più del suo corpo.

"Esatto e ti ringrazio infinitamente per il tuo intervento. Sono stato in pericolo, ma mi sembra che quel buharro abbia preso un grave errore che gli costerà caro. Se avessi denunciato che voleva uccidermi, non avrei ottenuto nulla perché gli mancavano i testimoni, ma essendo intervenuto, tu sei un'autorità, le cose variano. Vedremo cosa farà quel tizio ora.

"Quello che sento è di aver perso le sue tracce e chissà se sarà facile ritrovarla. In ogni caso, sei e sarai testimone del mio comportamento quando dirò al mio capo perché non ho potuto eseguire alla lettera le tue istruzioni.

"Non preoccuparti, il tuo capo è un uomo molto comprensivo e capirà la situazione.

"Ora, quando arriveremo al villaggio, ci riposeremo per un giorno o due e ci rimetteremo subito in strada. Le cose stanno diventando più chiare e spero che, in poco tempo, si chiariranno completamente.

Leslie e il commissario dovettero passare la notte nel prato e siccome la ferita al braccio dava troppo fastidio al primo, il commissario dovette slacciargli i fazzoletti e cercare un ruscello dove poter lavare la ferita. Poi gli ha applicato un impiastro alle erbe e lo ha fasciato di nuovo.

Il giorno dopo, nel pomeriggio, arrivarono ad Abilene e come qualcuno li aveva scoperti dirigersi verso di lì, la voce si sparse rapidamente e tutti abbandonarono i loro compiti per andare loro incontro.

Quella che corse di più fu Margaret, che scoprendo che Leslie aveva il braccio legato con fazzoletti e i vestiti macchiati di sangue, esclamò angosciata:

"Leslie, per tutti i santi! Cosa ti è successo?

Saltò giù da cavallo e abbracciandola sorridendo, le rispose:

«Non era niente, mia cara; una caduta da cavallo che mi ha ferito.

"Non mentire, quel sangue non proviene da una caduta. Tu... sei stato colpito.

"Beh, in realtà è stato un graffio da un proiettile, ma non allarmarti non è stato un grosso problema. C'è qualcosa di più importante del mio infortunio.

E di fronte ai suoi compagni che formavano un gran cerchio, esclamò:

«Questo è uno dei vice sceriffo Hutchinson. A lui devo la vita, perché è apparso inaspettatamente quando un gruppo di cinque uomini mi ha fatto rinchiudere in alcune rocce e disarmato per aver perso la rivoltella.

Martyn si fece avanti dicendo:

"Cinque uomini? Quindi... possono essere solo quelli che sono stati qui due giorni fa, con la pretesa di stabilirsi nella prateria, sostenendo di essere i veri proprietari di tutto ciò che pensavamo fosse nostro. Che ne sai tu di questo , Leslie?

"So molte cose e, se sono tornato, è stato per rassicurarti e dirti di non perdere la calma o la disperazione. La cosa è un po' confusa al momento, ma tutto comincia a svilupparsi a nostro favore. Non appena vi lascerò ben informati e con precise istruzioni sul da farsi, ci riposeremo un giorno e torneremo da Hutchinson il commissario ed io.

"Non farlo! "gridò Margaret. "Non esponi più la tua vita. Se il bene o il male è per tutti, lascia che anche gli altri espongano la loro.

"Bird l'ha smascherata ed è rimasta tra la vita e la morte per più di due settimane, ma fortunatamente sta migliorando e il pericolo sembra diminuire. In questo momento, senza questo significato che mi dò per valere più di chiunque altro, la missione che resta ancora da risolvere può essere svolta solo da me, perché sono stato colui che è intervenuto più direttamente in questa faccenda e chi lo ha esposto. Ascolta attentamente quello che ho da dirti e ti renderai conto che devo essere io a continuare gli sforzi fino a quando la questione non sarà risolta.

Poiché tutti erano ansiosi di decifrare l'enigma che conteneva il registro delle loro terre, Leslie li informò in tutti i tipi di dettagli, da quando arrivò a Hutchinson, fino a quando il commissario non intervenne salvandogli la vita quando stavano per assassinarlo.

Un arrabbiato Martyn ha scherzato:

"Che peccato non aver saputo tutto questo prima, perché se l'avessero saputo, quei cinque buharros sarebbero rimasti qui per sempre!

"Non importa", commentò Leslie. Ora, Swan avrà difficoltà a spostarsi dove può essere riconosciuto. La relazione del commissario che lo accusa di aver tentato di assassinarmi lo pone fuori legge e starà molto attento a non tentare di costringerci di nuovo. Lui stesso, essendo stupido, si è tagliato le ali e in nessun caso potrebbe continuare a rivendicare quei diritti, perché dovrebbe mostrare la sua faccia e si denuncerebbe.

"Naturalmente, questo non risolve il conflitto, perché ciò di cui abbiamo bisogno è che questa registrazione rubata venga annullata, sia per Greene che per Swan e che le terre che sono nostre ci vengano assegnate. Questo è quello che devo andare di nuovo da Hutchinson, e tu devi capirlo in questo modo.

Ma Margaret non si arrendeva.

"E perché qualcun altro non dovrebbe essere in grado di fare lo stesso? Non sei in condizioni di viaggiare di nuovo con il braccio ferito.

"Ti dico che non è niente e ora quando mi guarirai capirai.

Io sono quello che ha portato avanti il procedimento, che è in contatto con lo sceriffo e che conosce Swan e posso riconoscerlo e scoprirlo da qualche parte. D'altra parte, se mi si presenta l'occasione, devo fatturargli l'imboscata codarda che mi ha teso. Per tutti questi motivi, il mio dovere mi obbliga a tornare a Hutchinson e tornerò.

Siccome era inutile insistere, Margaret dovette rassegnarsi e lo portò nella capanna per curargli seriamente il braccio, mentre i coloni si occupavano del commissario che invitavano a mangiare, poiché l'uomo aveva fame.

Margaret scoprì che, in effetti, la ferita di Leslie era più spettacolare che grave, e dopo averla lavata bene e applicato un impacco ben imbevuto di arnica, la bendò con un lenzuolo.

"Sei convinta? Le chiese, tenendola tra le braccia.

"No...! Penso di essere stato sul punto di perderti e che nessuno può sapere se ciò che non ha ottenuto oggi lo raggiungerà un altro giorno.

"Questo è stato un incidente fortuito, donna. Chi avrebbe mai sospettato che quel buharro fosse qui e che si sarebbe imbattuto in lui inaspettatamente?

"Ma proprio come questo è sorto, un altro può sorgere e non uscire così bene come ora.

"Le cose variano molto ora. Fino a ieri Swan poteva muoversi liberamente, ma dopo il suo compito e sapendo che può essere accusato di tentato omicidio, sarà costretto a nascondersi e non potrà camminare liberamente. Lui stesso si è sporcato gli occhi andando così lontano nel tentativo di eliminare gli ostacoli che gli impediscono di impossessarsi dei nostri raccolti.

"Ora dobbiamo verificare gli sforzi per localizzare Adam, e anche Swan, costringerli a parlare, confessando il primo il suo crimine e il secondo che sapeva che quello che stava comprando era il prodotto di una rapina. Solo così potremo ottenere che l'iscrizione originaria venga annullata e intestata a nostro nome, liberandoci per sempre da nuovi tentativi di saccheggio.

"Devo anche portare Bird con me quando tutto sarà finito e sarà in grado di viaggiare. Il pover'uomo ha più che pagato l'ingenuità di informare il suo vecchio compagno del motivo che lo aveva portato a Hutchinson.

"Vi chiedo di avere serenità e di accettare le cose come appaiono. Se non avessimo fatto questo viaggio, ci saremmo trovati in una situazione disperata, poiché non mi sarebbe stato possibile portare alla luce questo pasticcio e un giorno saremmo stati spogliati di ciò che è così vitale per noi.

Abbiamo lottato per mettere in sicurezza questi pezzi di terra, la madre terra che è il nostro sostentamento, e per continuare a possederla ricavandone il prodotto giusto, dobbiamo fare tutti i tipi di sacrifici. Ma i più gravi, quelli che siamo riusciti a superare, ci offrono un panorama più promettente e non dobbiamo fermarci a metà con l'esporre che ci spoglieranno di tutto.

"Quando questo si sarà chiarito e le cose saranno al loro posto, ci sposeremo, dedicheremo tutti i nostri sforzi per consolidare ciò che è stato realizzato e saremo felici come abbiamo sognato, perché la madre terra continuerà a darci suoi frutti, che è riconoscente e sa donare ai suoi figli, tutto il tesoro che nasconde nelle sue viscere, quando i suoi figli si prendono cura di lei con l'amore che dovrebbe essere riposto in una madre.

Margaret non riusciva a trovare le parole per confutare quelle del suo fidanzato. Era anche figlia di Madre Terra e non poteva ignorare che doveva difenderla con tutta la tenacia di un vero figlio.

"Hai ragione, Leslie" finì per confessare. Ma, quando penso che, per difenderla, tutto ciò che può darti come premio è un buco coperto in quella terra per la quale tanto lottiamo, la mia carne si apre.

"Me ne rendo conto, ma Dio è buono e giusto e sa coprire con il suo manto quelli di noi che combattono onestamente per vivere e non desiderano altro che ciò che è nostro.

"Sono sicuro che andrà a finire bene e presto e che non sorgeranno nuove minacce. Lasciami finire la missione iniziata e stai tranquilla, perché saprò vegliare sulla mia vita, non solo per me, ma anche per te, che per me sei tutto; tu sei il complemento di quella madre terra dei nostri amori, perché moralmente sei il frutto migliore che lei mi ha concesso.

Il giorno successivo, Leslie e il commissario lo trascorsero nel villaggio preparando tutto per il nuovo viaggio. I coloni si preoccupavano di preparare loro il cibo per un viaggio così lungo e quel riposo si addiceva loro molto bene.

Leslie si sentiva a disagio al braccio, ma cercò di maneggiare lui e maneggiare il revolver e scoprì con soddisfazione di non essere in grado di maneggiare un'arma.

Margaret si preoccupò di preparargli un pacchetto di pelucchi, bende e una bottiglia di arnica. Il commissario promise di curarlo lungo la strada e, quando avessero raggiunto Hutchinson, se necessario, lo avrebbe fatto visitare dal medico.

Dopo cinque noiosi ed estenuanti giorni a cavallo, finalmente un pomeriggio arrivarono in città e senza perdere tempo si diressero agli uffici dello sceriffo.

Il commissario aveva fretta di informare il suo capo dell'accaduto, giustificando il fatto che non poteva continuare ad essere geloso del pericoloso trafficante.

Quando lo sceriffo li vide comparire insieme nel suo ufficio, chiese perplesso:

«È già tornato qui, signor Simpson? E come arriva al mio commissario?

Si fece avanti per dire:

«Mi scusi, capo, ma qualcosa di serio mi ha costretto a lasciare che quel rospo di Swan sfuggisse a ogni sorveglianza. Dovevo farlo se volevo salvare la vita di quest'uomo e non ho esitato un attimo a compiere quel dovere. Se non sono riuscito a farlo, prendi le misure che ritieni più giuste.

«Suppongo che quando l'ha fatto, deve aver avuto le sue ragioni, Abel. Spiegati e io giudicherò.

Il commissario ha spiegato come aveva seguito da lontano Swan e i suoi braccianti durante la loro visita ad Abilene e come quando il contrabbandiere era tornato senza successo nel suo piano per sorprendere i coloni, era arrivato in tempo per impedirli sorprendendo Leslie durante il suo viaggio da al villaggio, lo avevano circondato e stavano per assassinarlo se non fosse intervenuto così in tempo.

"Capirai che il mio dovere era controllare se lo avevano ucciso, o se era ferito e aveva bisogno di aiuto. Ho scelto di aiutarlo e ho dovuto lasciare che la banda se ne andasse.

«Ebbene, Abele, non ho nulla da rimproverarti, perché hai agito secondo il tuo obbligo. Quel buharro può essere localizzato ad un certo punto, mentre un uomo ferito non può essere lasciato sanguinante su un terreno perduto. Approvo la sua condotta e non ho nulla da obiettare.

"Quello che non capisco è come Swan abbia perso il senso della realtà e si sia imbarcato in un'impresa così pericolosa, che non solo lo allontana di molti chilometri dal poter godere della proprietà di quelle terre, ma lo pone anche fuori dal domanda. Law, accusato di tentato omicidio.

"Credo che dopo lo sforzo disperato che ha fatto per intimidire i miei colleghi e strappare loro i contratti di locazione, abbia capito che è inutile lottare per mantenere quel privilegio così mal acquisito e sta cercando di vendicarsi di chiunque.

"Il fatto che io sia intervenuto così opportunamente per minare i suoi progetti lo ha fatto arrabbiare contro di me, e quando mi ha riconosciuto tra gli scogli ha voluto eliminarmi, forse con l'idea che non avrei continuato a lottare per invalidare l'iscrizione. Non riesco a trovare un'altra spiegazione.

"La tua tesi ha molto successo e se ti sei lanciato in quella carriera vendicatrice, stai attento, non sorprenderlo di nuovo in condizioni peggiori per te. Quello che non capisco è come non si sia ribellato ad Adamo, che è quello che ha mettilo in quel pozzo dopotutto.

"Forse non sa dove è andato e per questo sta cercando altri colpevoli del suo fallimento.

"È possibile, ma con ciò che hai appena commesso dovrai sparire da qui e rinunciare a far valere qualsiasi diritto che possa avvantaggiarti, affinché sia riconosciuta la validità della registrazione. Un favore a te perché anche nel disperato caso in cui Adam non si fosse trovato a giustificare la cancellazione dell'iscrizione, né Swan potrebbe stabilirsi legalmente sul tuo terreno o trasferirlo ad un altro, perché l'anagrafe è condannata a non ratificare nuove cessioni.

"Sì, ma questo risolve le cose solo a metà. Non saremo minacciati di sfratto, ma non saremo considerati i legittimi proprietari di ciò che è molto nostro. La situazione sarebbe molto ambigua.

"Lo capisco, ma al momento non c'è nient'altro. Speriamo che più tardi tu possa entrare in possesso di Green, che è la chiave di tutto questo.

"Per ora, invierò un avviso urgente allo sceriffo di Sterling, in modo che, se Swan è lì, possa arrestarlo e mandarlo ben legato, e se non lo è, vedere se conosce il suo dove si trova.

E per te ho buone notizie. Bird è ora fuori pericolo, anche se dovrà stare ancora in ospedale per dieci o dodici giorni. Si sente molto animato e non fa altro che chiedere quando lo faranno uscire, per dedicarsi alla ricerca del furfante che stava per mandarlo sottoterra.

"Lo credo capace di qualsiasi follia pur di riabilitarsi ai nostri occhi, ma noi non lo permetteremo. Quello che tu non puoi fare, lui non può farlo, e se c'è bisogno di aiuto, sono qui per questo. Ho avvertito che non tornerò ad Abilene finché non avrò risolto questa faccenda e ora non ti sentirai a disagio per il mio ritardo.

"Bene, signor Simpson. Al momento non c'è niente da fare finché non si trova alcun indizio. Se vuoi, puoi andare in ospedale a visitare il tuo amico e rassicurarlo.

"Lo farò subito. Sono molto interessato a Bird.

CAPITOLO X

Divorando miglia per lasciarsi alle spalle il luogo in cui si erano verificati tali spiacevoli eventi, Swan arrivò a Hutchinson insieme alle sue tre pedine, poiché la quarta era stata tra le rocce abbattute dal tiro preciso di Leslie, e raccogliendole, diede loro cento dollari per l'un l'altro.

Prendi questo per ora; potrebbe essercene di più per te, ma devi guadagnartelo.

"Abbiamo avuto sfortuna in quanto quel ragazzo che ci ha impedito di porre fine a quel buharro è apparso in un momento così critico, e poiché sospetto che sia un commissario che lo sceriffo ha messo sulle mie orme per spiarmi, non dovrei esibirmi al momento finché non so in quale situazione mi sono messo.

"La colpa di tutto questo è Adam, mi ha ingannato facendomi truffare diecimila dollari. Mi ha assicurato che la terra era sua e a quanto pare l'aveva rubata a quei coloni in malo modo.

"Quello che Adam è stato in grado di fare in quel senso non mi importa, ma mi importa che mi abbia ingannato dal rifiuto, mettendomi in una situazione che diventa ogni giorno più oscura. Ho cercato di risparmiare quei soldi e le cose sono andate di male in peggio. So che dovremo lasciare il Kansas per una stagione, per trasferirci in qualche altro stato, ma non importa. Continuerò con la stessa attività e tu continuerai a servirmi come prima, così non perderai nulla. In fondo qui stavamo diventando famosi e altrove possiamo continuare ad operare con meno rischi.

«Ma non voglio scomparire senza prima aver saldato il mio debito con Adam. Lo conosci bene, conosci i posti che frequentava quando non c'era lavoro e sarà più facile che per me fare dei passi per scoprire dove può camminare in questo momento.

"Con diecimila dollari in tasca e con quello che gli piaceva giocare e uscire con le ragazze delle bische, è sicuro di trasferirsi da qualche parte dove può soddisfare quei capricci.

"Preferirei che tu lo scoprissi senza che lui lo scoprisse, ma se non è possibile e te lo chiede, gli dirai che non ho ancora fatto nulla riguardo alla terra, perché ho a che fare con diversi punti di bestiame che mi interessano molto e non posso occuparmene ora.

"Dato che non andrò a Sterling nel caso mi cercassero lì, mi chiuderò per un po' a casa di un mio cugino, che ha dei campi a Raymond. Chiunque riesca a scoprire dove si trova Adam si precipiterà in quella città per scoprire la scoperta. Tutto quello che devi fare è chiedere dei campi di Kik e mi troverai lì.

"Se sei disposto ad aiutarmi in tal senso, ti ringrazierò e lo terrò a mente, e in caso contrario, dillo per favore in modo che io possa fare altri passi che porteranno al risultato che desidero.

E con questa promessa delle sue pedine, Swan si precipitò a lasciare Hutchinson, temendo che il commissario potesse tornare in fretta e dopo aver riferito l'accaduto allo sceriffo, impartì l'ordine definitivo di arrestarlo.

La paura era giustificata, poiché lo sceriffo severo aveva poca conoscenza di quanto accaduto sulle rive di Smoky Hill, si era precipitato a fare richieste urgenti per cercare Swan e per non trascurare l'essenziale cattura di Adam.

Lo sceriffo dubitava che potesse essere facilmente individuato, poiché su di lui gravava il reato di tentato omicidio, ma Leslie era più ottimista, credendo di indovinare che il miserabile peone stava osservando quello che era successo alla sua vittima e che, se avesse letto la notizia della sua morte senza poter aprire bocca per testimoniare, ogni pericolo per lui era svanito con la morte del carovaniere.

E Leslie non si sbagliava, perché Adam dopo aver appreso che, nonostante la furia scatenata dal golpe, Bird non era morto, il timore che avrebbe testimoniato accusandolo lo aveva costretto a cercare ripari improbabili, finché, finalmente, un aveva letto la notizia della morte di Bird nel diario di Hutchinson, e quel giorno aveva fatto un respiro profondo.

Non aveva nulla da temere dall'ex caravanista o dalle autorità; E per quanto riguarda Swan, immaginava che senza nessuno a sfidare l'accordo, non avrebbe trovato ostacoli nemmeno a stabilirsi ad Abilene.

Fu allora che, usciti dai suoi intricati rifugi, decise di godere di quella ricchezza che mai si sarebbe sognato di avere in tasca. Avrebbe vissuto con lui una vita principesca e, quando fosse finita, avrebbe ricominciato tutto da capo.

E senza pensarci troppo, decise di trasferirsi a Wichita.

Questa città stava cominciando a guadagnarsi la reputazione di essere dura e attraente per coloro che avevano poco da perdere e molto da guadagnare.

Le rotte degli stati che prima timidamente sbirciavano ad Abilene in una grande impresa di mobilità attraverso le praterie erano state poi allungate fino a Dodge City e, infine, cercando un'ulteriore espansione commerciale, a Wichita.

E lì le bische, le case dal voto basso, l'ambiente fetido e letale di cui certi esseri avevano bisogno per respirare liberamente, erano sorte come per incanto ed era lì che poteva trovare il paradiso del vizio che sognava.

E un bel giorno entrò nel nuovo allevamento seguendo le orme di un fagotto che gli serviva da guida per localizzare la turbolenta cittadina.

Wichita non era un Hutchinson, poiché in realtà si stava gonfiando in sintonia con il volume del bestiame e l'attrezzatura che ne derivava, ma per un uomo come Adam che cercava solo piacere e vizio dove poteva essere offerto, Wichita racchiudeva tutto il fascino potrebbe desiderare.

Le bische non potevano attirare i clienti senza qualcosa di speciale per tirarli, e così, in tutti loro c'era un cast di ragazze sfortunate, che erano state immerse nel fango dal loro triste destino e rotolate attraverso di esso, avevano raggiunto quel bestiame - innalzando l'inferno.

Adam si trovò lì a suo agio. La prima cosa che fece fu di attrezzarsi come potente allevatore in uno dei magazzini del paese e in seguito, sfoggiando che aspetto aveva e che cosa non era, si dedicò a visitare le bische in cerca di una ragazza che soddisfacesse i suoi gusti , per renderla parte della sua fortuna.

Nonostante facesse l'amore con pochi, non smise di frequentare le sale da gioco e durante i primi giorni della sua permanenza a Wichita, la fortuna gli sorrise in ogni modo.

Era riuscito ad interessare una delle ragazze più ambite tra le tante che si alternavano in quei paradisi del vizio, e, in più, aveva avuto fortuna sul green carpet, ottenendo guadagni che a un certo punto arrivavano a raddoppiare i soldi che aveva portato da Hutchinson.

Questa fortuna lo accecò e presto divenne uno dei clienti abituali più noti delle bische.

Spendeva senza tasse, adulava le ragazze che erano di suo gradimento facendo loro regali di valore o consegne di denaro, confidando non in quella che aveva portato, ma nella buona sorte che fino a quel momento lo aveva toccato con le sue ali. Sembrava che nella sua cecità credesse che questa manna sarebbe stata eterna e non si sarebbe mai spezzata.

Fino a quando un giorno "brutto per Adam" una delle pedine evidenziate da Swan fece la sua comparsa a Wichita per cercare l'indizio della sua vecchia pedina.

Più intelligente degli altri due, pensava che un uomo con poche migliaia di dollari e la passione per il gioco d'azzardo e le donne potesse trovare solo due città adatte ai suoi gusti: Topeka o Wichita, che stava cominciando ad essere l'impero. di vizio. E decise di attraversare prima la città del bestiame. Se non avesse localizzato Adam lì, avrebbe continuato a Topeka, sicuro di trovarlo.

E lo scoprì il secondo giorno di essere nella città ruvida.

Non poteva evitare di dare la mano alla bocca con il lavoratore perseguitato, poiché si incontravano alla stessa porta, quando uno usciva da una bisca e l'altro entrava. Adam, sorpreso, salutò il suo compagno, dicendo:

"Diavolo, George...! Come te da queste parti?

Il pedone trovò subito una giustificazione molto plausibile.

"Sono arrivato ieri alla guida di un allevamento di bestiame.

"Dal Cigno? chiese Adam con una certa preoccupazione.

"Oh no...! Swan ci ha licenziato tutti non appena te ne sei andato. Ha avuto non so che tipo di difficoltà nel villaggio e ci ha detto che aveva intenzione di rimanere inattivo per alcuni mesi. Poiché non potevamo stare a guardare, ognuno di noi cercava qualcosa per guadagnare soldi, io sono stato fortunato, ho trovato un amico che cercava pedine per portare un fagotto qui e mi sono messo con lui.

"Brutto viaggio, vero?

Diavolo, ma non c'era nient'altro.

"E adesso cosa pensi di fare?

"Torna con la squadra a Hutchinson; domani partiamo

"Mi rendo conto che non c'è un posto dove lavorare qui, se non in quello.

"Bene; e tu cosa fai?

"Vedi, mi dai una bella vita.

"Lo vedo. Ti vesti come un potente.

"Sono stato fortunato a giocare.

"A quanto pare, sei nato con una buona stella.

"Non posso lamentarmi.

"Hai intenzione di stare qui a lungo?

"Almeno finché la fortuna mi sorride e i soldi durano. Qui troverai ciò che non si trova in molti posti.

"Ti invidio, ragazzo, ma io, che ho sfortuna giocando, non posso aspirare a darmi una vita come te. Riserverò la mia paga finché non troverò qualcosa di più produttivo.

«Be', questo non ti impedirà di accettare di cenare con me e di uscire in un locale stasera. Non preoccuparti per le mie spese.

"Stando così le cose, accetto.

Adam ha permesso alla sua ex partner di ballare con l'artista, non senza avvertirla che se gli avesse fatto domande sulla sua vita e posizione, avrebbe affermato di possedere un enorme ranch che aveva ereditato da uno zio di lei nel Kansas orientale.

L'operaio prese più appunti che poté sulle usanze di Adamo nel villaggio e, all'alba, lo salutò, affermando che non aveva altra scelta che andarsene. Adamo magnanimo prese una manciata di banconote e gliele offrì, dicendo:

«Ecco, nel caso ti trovassi senza lavoro per un po'. Prenderli senza scrupoli, mi è costato pochissimo lavoro per vincerli.

Il pedone li accettò. In seguito ha scoperto di averle dato settanta dollari.

Il più rapidamente possibile, tornò a Hutchinson e da lì si diresse all'appuntamento con Swan. Non vedeva l'ora di ricevere i duecento dollari che il concessionario gli aveva offerto.

Quando Swan lo vide apparire nei campi del suo parente, i suoi occhi brillarono di gioia.

Buone notizie, Giorgio?

«Abbastanza perché tu mi dia i soldi promessi. So dov'è Adam e gli ho parlato.

"Brutto, te l'avevo detto che...

"Non potevo evitarlo. Ci siamo affrontati mentre lui entrava in una canna di Wichita e io me ne andavo.

"Quindi è a Wichita?

"Sì, si veste come un potentato, si alterna nei migliori locali, gioca duro e si è conquistato l'affetto di una delle bellezze più attraenti della città.

"Ti diverti, vero?

"Dice di aver guadagnato molti soldi ai tavoli da gioco e, per via dello stile di vita che conduce, è così che dovrebbe essere. Prevede di essere lì a tempo indeterminato, alloggia all' "Hotel Kansas" e si alterna con preferenza a "The Silver Dollar".

"Non ti ha fatto domande su di me o è stato sorpreso di vederti lì?

"Gli ho detto che avevi concesso la licenza a tutti noi, perché avevo intenzione di rimanere inattivo per una stagione e che mi ero unito a una squadra di allevatori di bestiame. Gli ho fatto credere che ero arrivato il pomeriggio precedente e che sarei partito il giorno dopo. Questo è tutto.

"Bene, George. Ecco I duecento dollari e stai attento se a un certo punto ho bisogno di te. Quando risolverò i miei affari con Adam, ricominceremo da capo, anche se è in altri posti. Non posso rimanere inattivo per lungo.

Il peone lo salutò per tornare da Hutchinson e Swan, sopraffatto da una rabbia sorda che non gli permetteva di controllare i suoi nervi, si preparava a marciare verso Wichita alla ricerca della sua ex pedina.

E poiché George gli aveva fornito tutti i dettagli di cui aveva bisogno per localizzare Adam, decise di dargli la caccia quando meno poteva sospettarlo.

Si fermò vicino all'albergo dove alloggiava il falso sovrano e attese pazientemente che scendesse la notte. Se Adam frequentava le bische fino all'alba, sperava di vederlo lasciare l'albergo da un momento all'altro.

E non vedeva frustrate le sue speranze, perché verso le dieci e mezza, l'ex bracciante, fatto un braccio di mare, lasciò l'albergo fumando un magnifico sigaro della Virginia per andare al "Dollaro d'argento".

Swan lo seguì a distanza. Non era questo il momento più opportuno per avvicinarlo, a causa delle tante persone che passavano per le strade; avrebbe dovuto armarsi di pazienza e aspettare che passasse la notte e, all'alba, quando usciva dalla bisca, uscirgli incontro e saldare i conti pendenti.

Per il trafficante è stata un'attesa straziante che ha finito per innervosirlo. La sua pazienza si stava esaurendo, nonostante i suoi sforzi, e in più di un momento fu tentato di entrare nella canna con la rivoltella in mano e sparargli.

Ma riuscì a resistere nonostante tutto e quando si avvicinava l'alba e il locale era già completamente vuoto, lo vide emergere alla porta, alla luce della lampada che pendeva dal portone superiore.

Ma con rabbia infinita osservò che non usciva solo. Era accompagnato da una ragazza alta e bionda, avvolta in un ampio scialle per proteggersi dall'aria fresca del primo mattino.

Adam offrì galantemente il suo braccio per accompagnarla e Swan, incapace di resistere più a lungo, balzò fuori dall'ombra e con diversi passi si fermò di fronte alla coppia, urlando:

"Adamo, figlio di un lupo...! Pagherai per il lavoro che mi hai fatto!

Adam, rendendosi conto del pericolo, lasciò andare il braccio della ragazza e mise la mano di lato, ma in ritardo, perché la rivoltella dello spacciatore tuonò due volte e l'ex operaio lasciando cadere l'arma, si portò le mani al petto e cadde a terra. a terra, mentre il suo compagno, terrorizzato, gridava istericamente chiedendo aiuto.

Swan colse dei passi lontani che si avvicinavano e, correndo, si perse in un vicolo buio, fuggendo prima che potessero fermarlo.

Credeva di aver ucciso Adam e questo gli bastava, ma non era disposto a lasciarsi catturare.

E poiché aveva lasciato tutto pronto per la fuga, corse per vari vicoli deserti fino a raggiungere il luogo dove aveva lasciato il cavallo, pronto a partire.

Aveva agito in un luogo troppo lontano, dove non era conosciuto da nessuno e se Adam fosse morto come supponeva, scopri chi lo aveva ucciso.

Sarebbe stato un altro incidente tra i tanti avvenuti a causa di rivalità in questioni sporche, e una volta seppellito il corpo, il fascicolo sarebbe stato chiuso con la frase utile di "ucciso da una mano sconosciuta".

Quando si trovò di nuovo sotto la protezione della proprietà del cugino, giustificò la sua assenza dicendo che era andato a risolvere una questione di bestiame e che per il momento aveva intenzione di trascorrere un periodo di riposo. Sarebbe rimasto con suo cugino per una settimana o due, e poi avrebbe fatto un viaggio nel New Mexico per far vibrare l'atmosfera nel caso gli andasse bene di restare lì.

Tuttavia, era tormentato da un dubbio come prima aveva tormentato Adam, ed era l'incertezza di non sapere con certezza se il suo ex pedone fosse morto o meno.

Ma non sarebbe stato facile per lui verificare. Wichita era troppo lontano e la notizia non poteva arrivare a lui. Avrebbe dovuto accontentarsi di desiderare che i colpi fossero stati efficaci.

Ma se Adam si è salvato e lo ha denunciato, non si aspettava che nessuno si preoccupasse di troppe indagini per trovarlo. La vita di un tipo come Adam era inutile soprattutto a latitudini come quelle e nessuno si sarebbe preso la briga di mobilitare l'intero stato per cercarlo. È vero che poteva dire che abitava a Sterling, ma siccome non aveva intenzione di tornare in quella città, lasciarono che lo cercassero quanto volevano.

I giorni erano trascorsi senza variazioni a Hutchinson. Leslie stava spendendo quei pochi soldi che era stata in grado di mettere da parte in previsione di terribili bisogni e non risolveva nulla che potesse chiarire la situazione.

Nessuno ha dato una ragione per Adam e nulla era stato più sentito da Swan. Sembrava che la terra li avesse inghiottiti, eppure dovevano essere da qualche parte non lontano, e il destino rendeva impossibile trovarli.

Bird si stava riprendendo rapidamente. La sua gravissima ferita era guarita ed era impaziente di essere dimesso per dedicarsi febbrilmente alla ricerca del suo ex compagno di carovana traditore.

Finché un giorno, lo sceriffo riuscì ad agganciare il filo della pista che lo avrebbe portato ad Adam e Swan, attraverso il condotto che meno poteva sospettare.

Fu in occasione dell'arresto di George, pedina di Swan appena arrivata da Wichita. George, dopo aver ricevuto i duecento dollari dal croupier, era entrato in una bisca, si era ubriacato, aveva litigato pesantemente con un allevatore che aveva colpito con una bottiglia e uno dei commissari dello sceriffo lo aveva fermato e portato agli Uffici.

E fu lì che l'altro commissario, quello che aveva seguito Swan e la sua squadra nei pressi di Abilene, lo riconobbe all'istante.

Quando consegnò allo sceriffo tale riconoscimento, l'uomo con la stella sottopose l'operaio a un rude ed estenuante interrogatorio, al punto da costringerlo a sputare tutto quello che sapeva.

E quello che sapeva che lo sceriffo non era a conoscenza era la sua ricerca per localizzare Adam, il suo incontro con lui, il suo ritorno per riferire a Swan e la gratificazione che Swan gli aveva dato per la notizia.

Lo sceriffo si precipitò a trovare il contrabbandiere, ma era già partito per Wichita. Suo cugino non sapeva dove fosse andato, ma Swan gli aveva detto che sarebbe tornato dopo una settimana.

Al momento non c'era niente che potessi fare, se non aspettare; ma mise una guardia discreta intorno ai campi del cugino di Swan, per fermare Swan non appena fosse tornato. E mandò subito un lungo telegramma allo sceriffo di Wichita, interessato alla cattura di Adam e, se possibile, a quella di Swan, poiché riteneva a buon diritto che il trafficante fosse andato al villaggio del bestiame solo con l'ossessione di far sparire qualcuno così lo aveva ingannato. Forse si credeva ancora che, tacendo per sempre la lingua di Adamo, non sarebbe stato possibile chiarire la prima registrazione e avrebbe potuto a un certo punto accertare la legalità del suo acquisto.

Ventiquattr'ore dopo, lo sceriffo ricevette la risposta da Wichita. Lo sceriffo della città gli avrebbe telegrafato dicendo:

Ho ricevuto il tuo telegramma e quando stavo per verificare i registri, gli eventi si sono precipitati.

Questa mattina, uscendo da una canna accompagnata da un artista, quello chiamato Adam Greene ha ricevuto due proiettili nel petto, che se non sono fatali potrebbero essere. Come ha potuto testimoniare, l'aggressore è un trafficante di quei dintorni, di nome Swan. Vive in una città chiamata Sterling.

Seguendo le sue istruzioni, ho tenuto Adam in una delle mie gabbie, dove il dottore viene a curarlo. Ciò garantisce che entro otto o dieci giorni potrai viaggiare, se necessario, anche se con alcune precauzioni.

Attendo ulteriori vostre notizie per procedere.

La gioia di Leslie fu enorme quando lo sceriffo si rese conto di quanto sapeva. Adam era nella rete senza poter scappare e quanto a Swan, sarebbe stata questione di giorni per prenderlo.

"Cosa intendi fare? Chiese Leslie.

"Questo è quello che mi chiedo. Non mi fido di me stesso lasciando Adam nelle mani del mio partner in modo che possa indirizzarmi a qualcuno lì. Potrebbe esserci una tangente o qualcosa di simile, se come dice lui, Adam gestisce un sacco di soldi e preferisce mandarlo a chiamare.

"Ma ho solo due commissari. Uno è alla ricerca di Swan nel caso tornasse, e l'altro non è abbastanza per un viaggio così lungo. Ho bisogno di più persone.

"Può essere aggiustato. Posso accompagnare il tuo commissario e, tra noi due, prendermi cura di Adam e portarlo qui. Come supponi, non sarai in grado di corrompermi per molti soldi che hai.

"Suppongo già e dato che ti offri di aiutare il mio commissario, accetto l'offerta. Da quello che dice il mio compagno, ci vorranno circa otto giorni per essere in forma per viaggiare. Se si noleggia un carretto per portarlo, il viaggio ti consumerà quasi quel tempo e arriverai solo per occuparti del ruffiano. Nel frattempo, cercherò di catturare Swan e, se ci riuscirò, la questione sarà risolta in men che non si dica.

"Da parte mia, sono pronto a partire quando lo dici.

"Possono farlo al mattino. Il mio commissario si occuperà di organizzare tutto per il viaggio.

"Molto bene. Voglio solo chiederti di stare all'erta per quando Bird sarà dimesso. Prenditi cura di lui, non lasciarlo uscire di qui e assicuragli che tutto sarà sistemato in pochi giorni.

"Non preoccuparti, farò così.

Il giorno dopo, lo sceriffo e Leslie partirono per Wichita con un mandato di arresto firmato dallo sceriffo e una lettera allo sceriffo. La questione era in via di risoluzione e Leslie stava saltando di gioia.

Il terzo giorno dopo che i due erano partiti alla ricerca di Adam, Swan tornò nei campi di suo cugino. Era lontano dal sospettare che questa volta le cose sarebbero andate peggio che mai e che era inciampato che non poteva più essere aggiustato.

Il commissario lo fece arrivare e quando meno se lo aspettava, fece la sua comparsa alla baita, sorprendendo il commerciante e il cugino.

Il commissario, che era lo stesso che aveva salvato la vita a Leslie tra le rocce, lo intimidì dicendo:

"Sig. Swan, sei detenuto per ordine dello sceriffo Hutchinson.

"Io? Per quale motivo?

"È accusato di aver tentato di uccidere un colono di Abilene.

"Io? Chi può provare questa assurdità?

«Io, che sono intervenuto quando tu e tre pedine al tuo comando avete cercato di abbatterlo. Inutile negarlo, perché, inoltre, è detenuto uno dei peoni, che ha confessato tutto.

I denti del contrabbandiere digrignarono ferocemente.

"Questa è una trappola e non ci cadrò.

«Questo lo dice lo sceriffo. Alza le braccia per farmi spogliare della rivoltella e poi seguimi.

Swan esitò per un momento, ma obbedì e quando il commissario afferrò il calcio dell'arma, Swan cercò di conficcarsi il ginocchio nel petto, ma il commissario, che non era un novellino, inarcò il corpo in tempo e il colpo non ebbe successo. Non così il suo, a causa di una testata impressionante applicata, lo ha privato della conoscenza.

E portando in spalla il corpo del trafficante, uscì dalla capanna e posando il suo carico sul dorso del cavallo, si preparò a tornare in paese.

Quando ci arrivò, Swan aveva ripreso conoscenza, ma ben ammanettato, non era in grado di rivoltarsi di nuovo contro il commissario.

Lo sceriffo si prese cura di lui e costringendolo a sedersi di fronte a lui, disse:

"Sig. Swan, quando le persone manovrano avidamente e pretendono di possedere ciò che vale cento per cinque, generalmente finiscono per perdere tutto e con esso, la libertà e chissà cos'altro.

"Tu. Credeva di fare un ottimo affare comprando Adam per un pezzo di merda che valeva un sacco di soldi e quando si rese conto che la sua avidità lo aveva portato a fare un cattivo affare, non si rassegnò a perdere, ma si è rivoltato contro tutti e gli fa un dispetto, ti ha portato a commettere una serie di azioni che ti costeranno caro, dal momento che sei accusato con prove di due tentativi di omicidio, uno nella persona di un colono di Abilene e l'altro nella persona di Adamo, che hai espressamente cercato a Wichita per mandarlo all'Inferno.

"Se quello che volevi era chiudere la bocca in modo da non poter dichiarare come hai fatto con i due documenti che servivano a verificare il primo record, hai fallito, perché Adamo non è morto, ma, anche se fosse morto, tu .Non avrei mai potuto rivendicare quelle terre perché era fuori legge conservarle.

Swan si agitò con rabbia.

"Non sapevo come fossero finiti nelle sue mani, perché se avessi saputo che aveva commesso un crimine, non li avrebbe comprati.

«Comunque, ti sarà di conforto sapere che Adam non starà meglio. Su di lui pesa anche l'accusa di tentato omicidio con rapina e i giurati non saranno timidi nel giudicarlo. Ho paura che voi due ballerete insieme sullo stesso albero.

"Mi consolerò se lo vedrò ballare prima di me.

"Questo, deciderà la fortuna. E ora, se non hai nulla da argomentare a tuo favore, puoi solo aspettare la sentenza quando se ne vedrà la causa.

"Quando arriverà quel momento, cercherò di difendermi.

Lo sceriffo lo rinchiuse di nuovo e si preparò ad aspettare il ritorno di Leslie e del suo sceriffo.

Arrivarono pochi giorni dopo, prendendo colui che tanto angosciava nel carro, legato strettamente.

Dan aveva perso tutta la sua arroganza e cinismo. Si rese conto della trappola in cui si trovava e il panico di soffrirne le conseguenze lo aveva sprofondato moralmente e materialmente.

Lo sceriffo lo trattò duramente e lo sottopose a un brutale interrogatorio, ma Adam, credendo che Bird fosse morto come aveva letto sul giornale, insistette per non confessare il suo crimine.

"Non ho ucciso nessuno" ruggì. Ho trovato quelle carte in una busta in mezzo alla strada e rendendomi conto che avevano un buon valore se mi affrettavo a registrare quelle terre a mio nome, l'ho fatto. Possono accusarmi di appropriazione indebita, ma non di alcun crimine.

"Credi di non poter essere accusato di questo?

"Ti sfido a presentare prove. Vediamo chi mi ha visto uccidere o cercare di uccidere qualcuno e portarmi la vittima.

«Non hai letto che la tua vittima è morta? Chi pensi fosse l'uomo che hanno trovato morente nel vicolo di Los Sauces? Negherà di conoscere Victor Bird?

"Non so chi sia quell'uccello, non l'ho mai sentito nominare. Se avesse dovuto avere i documenti e li avesse persi, ciò non significa che io sia stato l'autore della sua morte. Ho trovato i giornali per strada. Forse li ha persi colui che l'ha ucciso quando è fuggito.

"È la tua ultima parola?

"Non ne ho altri e ripeto che ti sfido a dimostrare che ho ucciso quell'uomo.

"Beh, vedremo se si farà.

E il giorno dopo, quando Bird aveva appena lasciato l'ospedale con la dimissione in tasca, Leslie lo portò negli uffici dello sceriffo. Questo, per vendicarsi della guerra che quella faccenda gli aveva procurato, aveva preparato uno spettacolo a sorpresa per Adam. La sorpresa di affrontarlo con Bird, che il furfante credeva stesse già marcindo le sue ossa sottoterra.

Prendendolo fuori dalla gabbia e spingendolo verso l'ufficio, disse sarcasticamente:

«Adam, ti ha presentato chi può attestare che hai tentato di assassinarlo nel vicolo di Los Sauces.

Il furfante rimase pallido come la cera di fronte all'ex carovaniere, e per un momento sembrò che stesse per crollare per lo shock feroce, ma reagendo brutalmente, con un balzo inaspettato si lanciò su Bird, urlando:

"Tu, accidenti al tuo timbro!

Maneggiando e tutto, sembrava che stesse per cadere sull'ex carovana convalescente, schiacciandolo con il peso del suo corpo prima che lo sceriffo e Leslie reagissero e potessero catturarlo, ma non era necessario, perché Bird nell'altezza di la sua rabbia, attivò la gamba mentre il ruffiano gli balzò addosso e gli applicò la suola del suo duro stivale sul viso con tale forza che lo scagliò all'indietro contro la porta d'ingresso.

Adam cadde a terra, sanguinando drammaticamente dalla bocca e dal naso, ed era Bird che doveva essere trattenuto, mentre cercava di gettarsi sul suo nemico per distruggerlo con i suoi artigli.

Trascinando il corpo martoriato di Adam, lo riportarono nella gabbia, mentre Leslie cercava di calmare il suo compagno. La prova era stata troppo dura per entrambi, ciascuno in un certo senso, ma abbastanza per non aver bisogno di un altro confronto.

La cosa era abbastanza chiara sotto ogni punto di vista. Adam aveva confessato di aver perquisito il terreno in modo improprio, anche se aveva negato la rapina e tentato omicidio. Ora, esposto, non poteva più negare e i giudici quando il caso fosse stato ascoltato, avrebbero annullato la registrazione sia per Adam che per Swan, assegnandola ai loro veri proprietari.

La tenacia di Leslie aveva finalmente ottenuto ciò che era giusto.

CAPITOLO XI

MADRE TERRA

Due giorni dopo, dopo aver verificato il relativo rapporto contro Adam e Swan e presentato il caso alle autorità competenti affinché segnalassero l'udienza del caso, Leslie e Bird decisero di tornare in città.

Non potevano più ritardare il ritorno. Ad Abilene sarebbero stati ossessionati dal loro destino, poiché erano stati troppi giorni lontani dalle loro case e poiché il processo sarebbe durato ancora almeno tre o quattro settimane, è stato imposto il ritorno.

Ma lo sceriffo li ha rassicurati sul futuro. La faccenda era così chiara che quando fosse stata pronunciata una sentenza contro i due malviventi, ne sarebbe stata emessa un'altra, annullando la registrazione e ordinando che fosse assegnata ai suoi veri proprietari.

Tuttavia, Leslie ha promesso di tornare dopo un mese.

Nel frattempo si sarebbe preso cura dei loro interessi e nello stesso tempo avrebbe portato gioia e tranquillità in cento case dove a quel tempo regnava l'inquietudine.

Durante il viaggio, Bird ha dichiarato contrito:

"Mi vergogno a presentarmi ai nostri colleghi. Sono stato stupido e fiducioso, e a causa mia sono stati tutti esposti a perdere le loro proprietà. Dubito che mi perdoneranno.

"Non essere pignolo", rispose Leslie. Sanno che sei un uomo perbene e che è stata tutta una possibilità. Posso assicurarti che sono stati in ansia per la tua vita quanto per le tue proprietà.

«Dio ti paghi tutti, Leslie, e tu in particolare, che hai rischiato la vita per mettere insieme quello che ho stupidamente combinato.

"Non puoi essere troppo bravo, perché diventi così stupido da pensare che gli altri siano bravi quanto te.

"Hai ragione, Leslie. Noi uomini non sappiamo essere abbastanza grati per ciò che la terra ci dona. Vorremmo il frutto, ma evitando di sudare a terra per ottenerlo. Se non esistessimo l'intera schiera di uomini duri, disposti a sopportare le inclemenze del tempo graffiando la corteccia, allora vedremmo se altri saprebbero valutare il nostro sforzo.

Con queste aspre disquisizioni, la coppia raggiunse le vicinanze del paese. Mai prima d'ora avevano provato una tale emozione, forse perché fino ad allora si erano sentiti come uomini che vivevano in prestito e ora si conoscevano come padroni assoluti di tutto ciò che componeva le loro vite e le loro case.

I coloni più avanzati, quando videro il carro che avanzava lentamente, iniziarono a spargere la voce dell'arrivo dei due uomini, e presto l'opera fu abbandonata e tutti accorsero loro incontro con l'entusiasmo riflesso sui loro volti.

Erano stati nella più completa ignoranza di tutte le vicissitudini subite dai due coloni a Hutchinson ed erano sopraffatti dal dubbio su cosa sarebbe potuto succedere con il dominio delle loro terre.

Tutti circondarono i due eroi dell'avventura, molestandoli con domande e Leslie per calmarli, gridò:

"Un momento, compagni. Saprete tutto a tempo debito e con ordine, ma per calmare le vostre preoccupazioni vi anticiperò che questa faccenda è stata risolta. I due nemici più temibili che si erano imbattuti nel nostro cammino, sono imprigionati e accusati di rapina e omicidio, saranno presto giudicati e condannati, e quando ciò avverrà i giudici decreteranno l'invalidità di quel verbale e ordineranno che sia messo a nostro nome.

"Quindi calmatevi tutti e non molestarci più del necessario. Abbiamo trascorso giorni estenuanti per eseguire procedure intense, ho dovuto fare un viaggio molto pesante a Wichita, per prendermi cura del ruffiano che ha ferito Bird e ha rubato i nostri documenti e ora anche noi abbiamo avuto una giornata difficile fino a qui. Facci riprendere le forze e poi saprai tutto con la maggior quantità di dati.

Un evviva! accolse clamorosamente le parole di Leslie. Molti lo abbracciarono concitati, altri sussultarono di gioia e alcuni presero Bird in braccio e lo portarono verso i campi, portandolo sulle spalle con la naturale commozione del vecchio caravanista.

Mentre la grande folla di coloni che circondava il carro si sgombrava, Leslie riuscì a scendere. Poco distante, con le lacrime di gioia negli occhi, Margaret attese il momento di potersi avvicinare al fidanzato, ed egli, avanzando verso di lei, aprì le braccia per accoglierla gridando:

"Margherita...!

Per qualche minuto rimasero tesi, abbracciandosi febbrilmente. Nessuno dei due poteva parlare, e fu Leslie che per prima si ricompose, dicendo:

«Be', Margaret, immagino che ormai i tuoi nervi si saranno calmati e tutte le tue preoccupazioni saranno svanite.

"Sì, cara, ora sì, ma fino ad ora... quante notti di angoscia, paura, incertezza ho passato, pensando a cosa ti sarebbe potuto succedere! Sono passate quasi tre settimane di assenza che non auguro al mio peggior nemico.

Poco dopo, il colono diede un fedele resoconto di tutto ciò che era accaduto e spiegò come per puro caso, quando una delle pedine di Swan fu arrestata, si scoprì dove si trovava e la sua impresa di trasferirsi a Wichita per abbattere Swan. la sua vecchia pedina.

Margaret lo aveva ascoltato con desiderio, e quando finì la sua storia, commentò:

"Credi che... davvero annulleranno quella registrazione e la metteranno a nostro nome?

"Non ho dubbi, mia cara. Lo sceriffo mi ha assicurato formalmente ed è logico. Con Adam che deve riconoscere che ha cercato di uccidere Bird solo per sequestrare i documenti e registrare la terra a suo nome, è una dimostrazione che appartiene a noi e i giudici emetteranno la sentenza appropriata.

"D'altra parte, ho messo agli atti che Adam ha rubato a Bird più di ottocento dollari che aveva in tasca per fare alcuni acquisti e poiché hanno trovato Adam in tasca quasi settemila, ce li restituiranno e forse più come risarcimento dei danni subiti.

"Tutto, come vedete, è stato risolto, e non c'è da temere che la faccenda si ripeta e ora che vi ho pienamente informato di tutto, permettetemi di dare un'occhiata alle mie terre. Sono stato via da qui per quasi un mese e mezzo senza badare ai miei interessi e questo adesso mi preoccupa.

"Bene, seguimi e smettila di preoccuparti. Vedrai che i tuoi raccolti sono in ordine come quelli degli altri. Tutti abbiamo contribuito con i nostri sforzi per prenderci cura di loro come se fossero nostri e non dovrai incolpare nessuno per un abbandono che non è esistito. Venga.

La prese per un braccio e si diressero verso il punto in cui Leslie teneva il suo piano.

Accanto c'era un monticello e, guadagnata la sua piccola sommità, si guardarono intorno.

Era metà pomeriggio, il sole dell'estate già in arrivo, splendeva di forza, splendore, e dove il paesaggio era coperto, si vedevano solo ondate di bionde e spighe incolte che, già in stagione, aspettavano solo il tagliente della falce per mietere il raccolto.

Leslie con le lacrime agli occhi e dominato da un'intensa emozione, prese la fidanzata per la vita e commentò:

«Non è bello quello che vediamo, Margaret?

«Certo che lo è, cara.

"Sì, è bello ed emozionante. Forse per molti la contemplazione di ciò che ci circonda non ha un grande significato. Molti lo guarderanno con occhi indifferenti, come qualcosa di naturale e visto spesso, ma non noi. Dobbiamo ammirarlo con occhi diversi perché è il nostro lavoro, il prodotto dello sforzo, qualcosa che porta nelle sue viscere molta della nostra linfa versata in uno sforzo muscolare sulla madre terra, per farla fruttificare per il bene di tutti.

"Sono nato colono perché Dio ha voluto così e non mi sono mai lamentato di questa inclinazione dura ed estenuante. Tutto ciò che viene creato ha la sua bellezza e anche questo ce l'ha, anche se molti non sanno capirla.

Per questo molte volte, quando nelle città popolate dove il battito della terra non pulsa perché è lontano da esso, ho visto come la gente si è trovata bene con un ingegnere, un architetto o qualsiasi altro uomo di scienza e noi ci ha trattato con indifferenza, dicendo al massimo, Bah, un contadino! Mi sono sentito ferito e indignato.

"Nessuno si è fermato a pensare quanto sia importante colui che disegna un ponte o erige un grande edificio, come colui che coglie i suoi frutti da terra dopo tanto sudore e angoscia. Siamo tutti creditori di qualcosa e meritiamo lo stesso trattamento e rispetto.

"Solo quando le grandi catastrofi hanno devastato le terre, abbattuto i raccolti e ridotto con il nostro sudore gli oggetti che offriamo loro, sono state mosse, ma non da noi, che ci vedevamo in rovina, ma perché per gli altri siamo stati scarseggiano il grano o la farina. Solo allora si sono resi conto un po' di ciò che Madre Terra significa per l'umanità, anche se hanno ignorato ciò che queste tremende catastrofi avrebbero potuto significare per noi.

«Ma non importa, Margaret; viviamo nel nostro piccolo mondo e ne siamo felici. Per noi la madre terra è tutto. Sappiamo valorizzare ciò che le chiediamo e ciò che ci dona, e se ci dà abbastanza per vivere, le siamo grati e la coccoliamo per ciò che è: la nostra madre materiale.

"Vedi quell'enorme raccolto che quest'anno ci regala in cambio della nostra fatica? Perché lei è la nostra felicità, la nostra casa, la benedizione di Dio per il nostro amore e la nostra tranquillità. So che in questi giorni la ferrovia entrerà in funzione e che questo ci permetterà di smaltire tutto il grano immagazzinato e quello che andremo a raccogliere. Lo venderemo, avremo soldi per completare ciò che ci manca e la città crescerà, prospererà e avrà le cose che sono molto necessarie e che faremo in modo che non manchino.

"Ci sarà una chiesa, una scuola per i ragazzi, un piccolo casinò per le nostre feste modeste e familiari; e un giorno, questo popolo nato dal nulla, perché così ha voluto un pugno di uomini duri di buona volontà, entrerà a far parte della geografia della nazione e sarà segnato sulle mappe come qualcosa di tangibile. Quel giorno, ne saremo tutti orgogliosi, perché ognuno di noi ha messo il nostro chicco di grano "mai applicato meglio la frase" affinché il desiderio diventasse realtà.

"E tutto dobbiamo alla madre terra, che qui ci aspettava ansiosa di ricevere la carezza delle nostre mani ruvide, di offrirci il frutto che custodiva nelle sue viscere e che nessuno era venuto a raccogliere.

«Sì, Leslie, lo dobbiamo a lei e ai nostri sforzi.

"Giusto, ma lo sforzo va applicato dove ripaga. Seminare nella sabbia non è redditizio, va fatto qui, dove Madre Terra può compensare questo sforzo.

"E ora ti dirò qualcosa che ti renderà molto felice. Ho promesso di tornare a Hutchinson tra un mese, che sarà la data in cui si vedrà il processo e tutto sarà risolto. Per verificare questo, per essere sicuro che l'iscrizione sia stata legalizzata a nostro nome, tornerò, ma ritardando un po' il viaggio. Prima mieteremo il raccolto e poi... io caricherò il carro di grano e tu e tuo padre verrete con me.

"Vendiamo il grano lì, con quello che ci danno compreremo quello che ci serve per vestirci come Dio ha voluto e ci sposeremo proprio lì, senza dover aspettare che qui sorga la chiesa e chi può venire. Torneremo sposati e nulla turberà la felicità che ci siamo guadagnati con tanto sudore.

Gli saltò sul collo, imprimendogli un bacio appassionato sulla bocca mentre affermava:

"È così che lo voglio, perché è così che lo vuoi. Beato te, Leslie!

"E benedetta sia la terra che ci ha dato la possibilità di essere felici come abbiamo sognato.

E lì, in cima alla piccola sommità del tumulo, entrambi strettamente abbracciati, sorridevano felici, mentre il vento scuoteva l'arazzo di spuntoni che sembrava salutarli mentre si chinavano sulla terra e il fiume scivolava mormorando chissà quali frasi di amore e felicità per gli sposi appassionati.

FINE